꽃비 내리는 날 다시 만나

1판 1쇄 발행　2022년 7월 17일
1판 2쇄 발행　2022년 8월 17일

지은이	허은주
발행처	(주)수오서재
발행인	황은희 장건태
책임편집	마선영
편집	최민화 박세연
마케팅	이종문 황혜란 안혜인
디자인	권미리
제작	제이오
주소	경기도 파주시 돌곶이길 170-2 (10883)
등록	2018년 10월 4일(제406-2018-000114호)
전화	031 955 9790
팩스	031 946 9796
전자우편	info@suobooks.com
홈페이지	www.suobooks.com
ISBN	979-11-90382-69-4 (03810) 책값은 뒤표지에 있습니다.

시골 수의사가 마주한
숨들에 대한 기록

꽃비 내리는 날
다시 만나

허은주 지음

수오서재

프롤로그

말할 필요가 없다는 오해로 시작된 일

수의사라는 직업은 더 이상 사람과 말하기 싫다는 어떤 시절의 피로감에서 시작되었다. 30대 초반, 타인과의 소통은 자주 오해로 끝났고 그럴 때마다 나와 상대는 크고 작은 상처를 받았다. 그때 만난 누군가가 나에게 말했다. 수의사는 병원에서 동물과 일해 말할 필요가 없는 직업이라고. 말을 하지 않으면서도 살 수 있다니! 그러면 오해하지도, 상처를 주고받지도 않을 것이다. 바라던 바였다. 그 말은 하늘에서 내려온 구원의 동아줄 같았다. 그 동아줄을 냉큼 붙잡았다. 다니던 직장을 그만두고 수의학과에 들어갔다.

수의대 안에서 사람과 가장 먼 것처럼 보였던 야생동물에 매료된 것은 어쩌면 자연스러운 일이었다. 인간과 다른 곳에서 살아가는 야생의 생명체들을 가까이에서 만났다. 까맣고 동그란 코와 길고 단단한 다리를 가진 고라니, 풍성하게 흔들리는 털 밑에서 반짝이는 너구리의 두 눈. 활활 타는 주황색 횃불처럼 빛나는 눈동자의 수리부엉이, 보석 가루를 뿌린 듯 에메랄드빛으로 반짝이는 물총새. 정신을 못 차릴 정도로 아름다움이 쏟아졌다. 하지만 그 아름다움은 곧 슬픔으로 이어졌다. 야생동물병원에서 만났던 생명체들은 대부분 사람 때문에 죽어가고 있었다. 사람에게 빼앗긴 그들의 서식지에서 아름다움들이 허무하게 사라지고 있었다. 그들에 대한 경외는 컸고, 사람인 나는 그 죽음에 져야 할 책임을 배우며 겸손해졌던 시절이었다.

지금 나는 개, 고양이를 진료하는 병원에서 수의사로 일하고 있다. 나의 하루는 거의 사람의 말을 듣는 일로 채워진다. 동물은 아무리 아파도 제 발로 병원에 올 수 없고, 스스로 자신을 설명하지 못하기 때문이다. 말을 하고 싶지 않다는 마음으로 수의사가 되었지만 결국 사람의 말을 더 많이 들으며 살게 된 셈이다.

하지만 달라진 점이 있다. 나는 마음의 빗장을 예전보다 더 느슨하게 풀어둔다. 진료실에서 우리는 개, 고양이에 대한 애틋함을 공유한다. 병원에 아픈 동물을 데려오는 이들은 적어도 사람이라는 이유로 동물 위에 군림하려 하지 않는다. 오히려 그들은 자신이 사람이기 때문에 동물의 아픔을 더 공감하기로 작정한 사람들이다. 그래서일까. 진료실에서 내 마음은 타인에게 활짝 열린다. 그리고 함께 머리를 맞댄다. 아프고 힘든 이 작은 생명체를 어떻게 하면 조금이라도 편안하게 해줄 수 있을지 방법을 찾는다.

그때 나는 왜 그렇게 타인으로부터, 사람과의 대화로부터 도망치고 싶었을까? 아직 대답을 찾지 못했다. 다만 나와 다른 종들을 만나면서 당시의 나는 행복과 먼 방식으로 살고 있었다는 것은 어렴풋이 알 수 있다. 우리 집 반려견과 반려조는 지금을 처음이자 마지막인 것처럼 산다. 늘 가는 산책길인데도 처음 맞는 바람인 것처럼, 처음 맡는 냄새인 것처럼 집중한다. 뭐든 대충 훑어보고 다 안다고, 지루하다고 느끼던 나의 관성을 낯설게 만들고 부숴버린다. 산책 중 눈앞 나무 위에서 마주치는 쇠딱따구리, 탁 트인 밭

위의 바람을 타고 정지 비행 중인 황조롱이는 말해준다. 풀숲과 나무, 햇살과 바람에 경탄하라고, 오늘 보는 구름은 처음이고 지금 지나가는 바람은 다시 만날 수 없다고. 이 삶은 영원하지 않다고.

그러면 정신없이 부유하던 '인간적인' 나의 생각들이 바닥으로 가만히 가라앉는다. 이젠 흘려보내도 될 것, 소중히 지켜야 할 것, 잘 모르겠으니 좀 더 기다려볼 마음들이 담담하게 모습을 드러낸다. 그리고 이 책은 그렇게 모습을 드러낸 마음들에 대한 기록이다.

차 례

part. 1

우리는 여전히,
우리의 슬픔만을
생각한다

part. 2

지금,
우리가 사는 세상

part. 3

다르지 않은 마음들에 대하여

part. 1

우리는 여전히, 우리의 슬픔만을 생각한다

꽃비 내릴 때 우리 다시 만나

꽃비는 작은 강아지였다. 뛰어다닐 때면 가늘고 긴, 하얀 털이 물결처럼 흔들렸다. 그 사이로 까맣고 동그란 눈이 반짝였는데, 한 눈은 잘 뜨지 못했다. 눈물이 거의 나오지 않는 심한 각막 건조증 때문이었다.

꽃비 엄마는 화가였다. 공방과 그림 수업도 운영했지만 야외에서 벽화를 그리거나 건물 내부 벽을 그림으로 채우는 등의 활동을 주로 했다. 병원에 올 때면 휴대전화에 저장해둔 벽화 사진이나 그림 수업 장면을 보여주었다. 둘은 24시간 함께했다. 꽃비의 보금자리가 된 부드러운 천 가방 안에서 꽃비는, 벽화 그리는 엄마 품에서, 야외 작업 중에는 나무 그늘 밑에서, 그림 수업을 할 때는 엄마의 옆에서 자리를 지켰다. 금방 건조해지는 꽃비의 눈에 엄마는 정성스럽게 안약을 넣었다. 꽃비의 심한 각막 건조증 때문에 서너 시간마다 한 번 안약을 넣어야 했기 때문에 늘 꽃비를 데리고 다녔다.

하루는 꽃비 엄마의 가족으로부터 전화가 왔다. 꽃비 엄마가 갑자기 쓰러졌고, 꽃비를 병원에 잠시 맡길 수 있는지 물었다. 그때부터 꽃비와의 동거가 시작되었다. 원래는 병원에서 돌볼 생각이었는데, 밖에서 햇볕과 바람을 맞으며 살던 꽃비는 병원의 좁은 입원장을 많이 힘들어했다. 다행히 꽃비는 곧 우리 집 식구들(인간 둘, 개 둘, 앵무새 하나)과 익숙해졌다. 당시 집에는 작은 마당이 있었고 꽃비는 낮에 그 마당에서 시간 보내는 것을 좋아했다. 한쪽 눈을 잘 못 떠서 행동이 조금 느렸지만 자기 아닌 다른 존재들에게 친밀하게 다가가는 완벽한 사회성을 가진 강아지였다. 우리 강아지들은 금세 자기 옆의 자리를 내주었다. 성격 별난 앵무새는 모든 깃을 부풀리며 하악거리고 경계하다가, 꽃비가 자기보다 하수라는 걸 알아채고는 공격하지 않고 간단히 무시해주었다. 안심이었다.

처음에는 한 달 동안이나 함께할 거라고 생각하지 못했다. 꽃비 엄마의 늘 활기찬 모습 때문이었을까? 곧 건강한 모습으로 돌아올 거라고 믿었다. 그의 부고를 듣기 전까지는 말이다. 장례 준비 등 경황이 없으니 며칠 더 맡아달라는 부탁을 받은 날, 퇴근하고 집에 오니 꽃비가 마루에 누워 비스듬히 들어오는 저녁 햇살을 받고 있었다. 코끝이 시큰해졌다. 가만히 옆에 앉으니 꽃비가 배를 보여주며 자세를 바꿔 누웠다. 나는 꽃비의 배를 오랫동안 쓸어주었다.

장례식장에 꽃비를 데리고 가는 게 좋을까. 오래 망설였다. 하지만 엄마와 마지막 인사를 하게 해주어야겠다는 생각이 커져 꽃비를 데리고 문상을 갔다. 영정 사진 앞에 꽃비를 내려놓고 잠시 묵념했다. 꽃비는 방 이곳저곳을 다니며 냄새를 맡았다. 몇몇 문상객들이 꽃비를 알아보고 눈물을 흘렸다. 남은 가족들은 꽃비를 키우기 어려워했고, 새로운 입양처를 알아보고 있다는 이야기를 들었다.

강아지는 함께 살던 가족의 죽음을 어떻게 받아들일까. 평생을 함께했던 존재의 이해할 수 없는 사라짐. 되돌릴 수 없는 갑작스러운 부재. 엄마가 다시 돌아올 수 없다는 것을 모르고 꽃비는 매일 엄마를 기다릴 것이다.

며칠 후 꽃비 엄마의 지인이 꽃비를 입양하고 싶다고 했다. 고인과 평소 가까이 지냈는데, 장례식장에서 꽃비를 보고 온 후 계속 생각이 났다고. 오랫동안 키우던 강아지를 최근에 병으로 보내서, 보호자의 죽음 이후 남겨진 꽃비의 상황이 남 일 같지 않다고도 했다. 꽃비는 그렇게 엄마와 작별하고, 새로운 가족을 만나게 되었다. 꽃비의 새로운 가족은 꽃비가 잘 적응하고 있는 모습을 사진으로 여러 장 찍어 보내주었다.

시간이 좀 지나고 이런 생각이 들었다. 꽃비 엄마는 자기 강아지를 얼마나 사랑했으면 '꽃비'라는 이름을 지어주었을까. 하늘에서 비처럼 내리는 꽃. 웬만한 애정으로는 짓지 못할 이름이다. 게다가 아이와 정말 잘 어울린다. 꽃비 엄마는 사랑하던 강아지를 가장 아껴줄 사람이 자기 친구라는 걸 알고, 그에게 꽃비를 보내주었을 것이다. 가장 친했던 친구에게 예쁜 강아지, 비처럼 내리는 꽃을 듬뿍 뿌려준 것이다.

아주 특별한 새

"어젯밤에 족제비한테 물렸어요. 서 있지를 못하네요."

스님이 닭을 데리고 오셨다. 이름은 구구였다. 상자를 여니 깃털로 감싸진 둥근 몸이 보였다. 머리를 바닥에 떨구고 있어서 얼굴을 보기 힘들었다. 움직임이 없어 조심스럽게 담요로 몸을 감싸 안아서 상자 밖으로 꺼냈다. 닭은 저항 없이 가만히 내 손에 몸을 맡겼고, 미동 없이 진료대 위에 엎드려 있었다. 작고 검은 눈이 눈꺼풀 아래에서 흔들렸다.

"언제부터 이랬나요?"

"어제저녁에 마당에서 시끄러운 소리가 나서 보니 족제비가 닭장에 들어왔나 봐요. 달려 나가니 물고 가던 닭을 족제비가 떨어뜨리고 갔어요."

족제비는 사냥의 명수이다. 한번 잡은 사냥감을 잘 놓치지 않는다. 구사일생으로 살아난 닭이었다. 늘 개가 지키던 마당이었는데, 개들이 이런저런 사고를 많이 쳐서 목줄을 해놓았던 날 밤에 족제비가 닭장을 습격했다고 했다.

"개 목줄 안 했을 때는 괜찮았나요?"

"네. 그때는 닭장이 안전했어요. 개들이 이렇게 닭장을 지키고 있는 줄도 몰랐네요."

닭장을 만들었을 때부터 늘 개들이 주변을 지켰고 개들에게 목줄을 한 날 밤에 닭장이 습격당했다고 하니 아마 족제비는 그 전부터 닭들을 물어가기 위해 기회를 노렸던 것 같다. 구구는 다리에 전혀 힘을 주지 못했다. 엉덩이를 바닥에 붙이고 앉아서 순한 눈으로 나를 쳐다보았다. 아프면 소리 지르고 화낼 법도 한데 이 어린 닭은 아픈 다리를 만지면 "꾸우우" 하는 작은 소리만 냈다. 그러곤 다시 자기 가슴 깃에 얼굴을 묻었다. 그만 쉬고 싶다는 표시였다.

엑스레이 촬영을 하니 왼쪽 무릎 관절 가까이에서 다리가 부러져 있었다. 뼈에 살짝 금만 가 있는 상태라면 얇은 부목을 대어 고정을 시도해볼 수 있다. 하지만 골절된 뼈는 완전히 어긋나 있었다. 간단한 처치로 회복을 기대하기 어려운 상황이었다. 더 큰 문제는 깊게 찢긴 피부 상처였다. 다른 동물에게 물려서 생긴 상처는 매우 위험하다. 날카로운 이빨로 근육 깊이 병원균이 퍼지면서 괴사가 빠르게 진행된다. 다리뿐만 아니라 생명이 위험해질 수 있다. 염증을 가라앉히기 위한 약을 처방하고 수술 상담 예약을 일주일 뒤로 잡았다.

재검진 날이 왔다. 다리의 염증이 가라앉았으면 수술 일정을 잡으려고 했다. 하지만 상자를 열어보니 악취가 진동했다. 피부와 근육이 썩을 때 나는 냄새였다. 구구를 진료대 위로 꺼냈다. 물린 부위뿐 아니라 다리 전체와 하복부 피부까지 검게 변해 있었다. 엑스레이상에서 골절된 부위의 뼈가 녹아 있는 것이 보였다. 꽤 고용량의 항생제를 먹였지만 감염이 전혀 통제되지 않았다. 부러진 뼈의 끝단을 맞추어 고정하는 수술을 해도 뼈가 붙을 수 없는 상황이었다. 감염이 심각한 다리를 절단하는 방법도 고민했다. 하지만 조언을 구했던 수의사들 모두 절단 수술을 추천하지 않았다. 한쪽 다리를 절단하면 나머지 다리에 심각한 체중 부하가 생겨 결국 반대쪽 발바닥 질병으로 삶을 마감하게 될 것이기 때문이었다. 짧은 시간에 체중이 늘어나도록 가축화된 닭에게 다리 절단 수술은 도움이 되지 않았다. 내가 구구를 살리기 위해 할 수 있는 일은 없었다.

"구구가 힘이 더 없어진 것 같아요. 밥도 약도 안 먹네요. 구구가 더 힘들어하기 전에 보내주는 게 어떨까요."

스님이 먼저 눈물을 흘리며 말을 꺼냈다. 나도 같은 생각을 하고 있었다. 진료실 모니터에 방금 촬영한 구구의 다리 엑스레이를 띄우고 말을 하려고 했다. 하지만 목소리가 나오지 않았다. 목소리 대신 갑작스러운 눈물이 흘러나왔다. 몸을 돌려서 한참 어깨를 들썩이고 앉아 있었다. 스님은 그런 내가 울도록 오랫동안 기다려주셨다. '구구를 살리고 싶었는데요. 꼭 살리고 싶었는데….' 아무 말도 못 하고 있는데 스님이 내 마음을 읽었다.

"누구의 잘못도 아니에요. 오늘 구구를 위해서 염불 외울게요, 족제비가 그런 건데요. 하지만 족제비도 살려고 한 건데요. 누구도 미워하지 마세요."

스님도 눈물을 흘리고 있었지만, 차분히 말씀하셨다. 참 고마웠다. 나는 눈물 콧물 범벅으로 결국 아무 말도 못 했다.

그렇게 구구는 갔다. 스님의 누구도 미워하지 말라는 말을 오랫동안 곱씹었다. 구구를 떠올릴 때마다 참 오래 슬펐다. 족제비가 아닌, 구구를 살리지 못한 나를 미워하는 마음이 오래 갔다. 스님의 말씀은 아마 나를 미워하지 말라는 뜻이었을까. 덕분에 이제는 구구를 생각하면 슬픔과 미움보다는 아름다움이 더 크게 남는다. 완벽하게 아름다운 구구. 온몸을 감싼 부드러운 깃털의 감촉, 그 깃털이 이루는 갈색과 회색의 신비로운 패턴, 튼튼한 발목과 발가락의 매끈한 피부, 씩씩한 발톱, 연한 눈꺼풀 밑에서 잠깐 반짝이던 눈동자. 그것이 내 기억 속 구구다.

구구를 만난 이후로 나에게 닭은 보통 명사가 아니게 되었다. 닭을 생각하면 구구라는 아주 특별한 새가 떠오른다. 그리고 모든 닭이 구구처럼 특별한 새라는 것을 알게 되었다. 어렴풋하게나마 말이다. 어리고 작은 닭, 구구는 그렇게 나를 크게 바꾸어 놓았다.

이미 모든 것은 달라졌다

저녁 일곱 시, 퇴근 무렵이었다. 6월 장마의 시작을 알리는 장대비가 오고 있었다. 우산을 챙겨 병원 문을 막 닫고 나가려는데, 길 건너에서 병원으로 달려오는 사람이 보였다. 우산도 안 쓰고 내리는 비를 다 맞으며 뛰어오고 있었다. 품에 작은 상자를 안고 있었다. 들고 있는 상자 모서리를 따라 빗물이 뚝뚝 떨어졌다.

"고양이가 차에 치였어요. 죽은 것 같아요."

상자를 내미는 보호자의 젖은 옷에서 하얀 김이 뿜어져 나왔다. 조심스럽게 열어보니, 작은 털 뭉치가 가늘게 흔들리고 있었다. "애옹." 살아 있다! 온 힘을 다해 가느다란 울음을 토하는 입안으로 얼핏 보이는 이빨이 아직 유치였다. 4개월이 넘지 않는 어린애다. 체온은 낮았고, 온몸이 비에 젖어 있었다. 왼쪽 뒷다리 털이 피에 젖어 뭉쳐 있었고 호흡이 가빴다. 서둘러 엑스레이를 찍고 드라이기와 핫팩으로 체온을 올리면서 보호자에게 물었다.

"차에 치이는 걸 보셨나요?"

"제 차에 치인 거 같아요. 저희 공장에서 밥 주던 아이인데, 비도 오고 잘 안 보이는 채로 후진하는데 쿵 하는 느낌이 있어서…."

보호자는 흐느끼고 있었다. 드라이기로 몸을 말려주면서 본 고양이는 입을 벌린 상태에서 가쁜 숨을 쉬고 있었다. 털을 말리는 손이 몸에 닿으면 힘없이 '하악' 하고 나를 쳐다봤다. 그러곤 바로 고개를 떨구고 숨을 헐떡였다. 엑스레이 사진을 보니, 횡격막 탈장과 왼쪽 뒷다리 대퇴골 골절이 보였다. 배 쪽에 갑작스러운 큰 충격을 받아 복압이 높아지면 가슴과 배를 구분하는 횡격막이 찢어져 뚫리는 경우가 있다. 그럴 때 복부에 있어야 할 장기들(장, 간, 비장, 위 등)이 찢어진 횡격막 구멍을 통해 심장과 폐가 있는 흉부 쪽으로 넘어가게 된다. 이것을 횡격막 탈장이라 한다. 복부 장기가 폐와 심장을 눌러 호흡 곤란이 오면 응급상황이다. 위험하다. 이 고양이 역시 심각한 호흡 곤란이었다. 대퇴골 골절은 호흡 곤란을 해결한 이후에 생각해야 할 문제였다. 우선은 살려야 했다.

"산소를 주면서 안정되면 횡격막 탈장 수술해야 합니다."

"수술을 안 하면 죽나요?"

"수술하지 않으면 사망 가능성이 높습니다. 호흡이 힘들면 응급상황이 될 수 있어요. 체온도 올라야 하고요, 전신 활력이 회복하는 정도를 보면서 수술해야 합니다."

"제가 결정할 수 있을지 모르겠어요. 사장님께 연락해볼게요."

30분 정도가 흘렀을까. 병원 문이 열리는 소리가 들렸다.

"고양이 어때요?"

보호자가 말한 사장님이었다. 상황을 설명하고 검사와 입원, 이후 수술이 필요하다는 말을 했다.

"저도 고양이 아낍니다. 직원들이 밥 주고 키우는 것도 눈감아줬고요."

"우선 안에서 산소를 주고 있어요. 안정되면 마취를 위한 간단한 검사 후 수술해야 합니다."

"하지만 저도 하루 벌어 하루 먹고 삽니다. 고양이한테 검사? 수술? 저는 못 합니다."

비용 문제였다. 길고양이를 데려오는 보호자들과 항상 맞닥뜨리는 문제다.

"수술할 수 있을 때까지 고양이가 버텨줄지도 의문입니다. 지금은 체온도 낮고 숨도 잘 못 쉬고 있어요. 수술할 만한 상태로 회복될 수 있게 돌봐야 해요. 검사와 입원비는 저와 상의를 해보시고요…. 우선 애는 살려야죠."

"상의요? 길고양이한테는 돈 한 푼도 못 씁니다."

"어떻게 하는 게 좋을까요?"

"지금 바로 고양이 데려가렵니다. 그냥 뒷산에 파묻어주려니까."

그때 처음 고양이를 데려온 사람이 나에게 조용히 면담을 요청했다.

"저랑 잠깐 얘기 좀…."

그분 말은 이랬다. 사장님도 좋은 사람이다. 공장 주차장 한편에 상자로 고양이 집을 만들어줄 때 눈감아줬다. 공장에서 같이 키운 것은 맞다. 본인이 차로 치었으니 회사에 부담이 되면 사장님 뵐 면목이 없다. 지금까지 한 엑스레이와 검사 비용은 본인이 부담할 테니, 이 고양이 좀 맡아줄 수 없냐. 죽든 살든, 병원에서 봐줄 수 없냐.

그날 이 고양이는 우리 병원에 남았다. 장대비가 내리는 밤인데 그 고양이를 다시 차가운 빗속으로 보낼 수 없었다. 다음 날 고양이의 호흡이 조금 안정된 후 수술을 했다. 심장과 폐를 압박하던 복부 장기를 다시 복부로 끌어내리고 횡격막을 봉합했다. 녀석은 헐떡거리면서 딱 하루 동안 누워 있었다. 그리고 기적처럼 일어나서 밥을 먹기 시작했다. 숨은 천천히 편안해졌다. 그때부터 함께 병원에서의 생활이 시작되었다.

우리는 녀석에게 나비라는 이름을 붙여주었다. 시간이 지나며 나비는 하루하루 건강해졌다. 이후 어려운 골절 수술도 잘 버텼다. 밥도 잘 먹고 똥, 오줌도 예쁘게 잘 쌌다. 나비는 가슴엔 빛나는 흰 털, 등에는 조화로운 흰색과 회색 털이 섞인 고양이였다. 아름다웠다. 곧 우리는 그 고양이를 사랑하게 되었다. 나비는 우리에게 많은 사랑을 주었다. 입원장 문을 열면 야옹거리면서 손에 얼굴을 비비고, 수술 부위에 아픈 드레싱을 할 때도 잘 참아주었다. '이것만 참으면 이제 다 낫는 거지?' 하고 말하는 것 같았다. 대견했다. 이제 좋은 입양처를 알아보면 되겠다고 생각하니 행복했다.

나비와의 동거가 3주 정도 지났을 무렵, 병원 보호자가 다른 길고양이를 데려왔다. 눈곱이 심해서 눈을 뜨지 못하는, 한 달이 조금 넘은 아기 고양이였다. 콧물이 말라붙어 콧구멍을 막고 있었다. 숨을 제대로 쉬지 못했다. 고양이를 데려오신 분은 고양이를 돌보기 힘든 상황이었다. 아픈 노견을 키우고 있었기 때문이다. 우선 병원에서 임시 보호를 하며 치료하기로 했다. 그분은 대신 좋은 입양처를 알아보겠다고 약속했다. 열심히 안약을 넣어주고 약을 먹이며 돌보니 삼사일 만에 눈이 깨끗해지고 재채기도 멈췄다. 밥도 잘 먹었고 똥도 예쁘게 쌌다. 휴, 안심. 이제 새 입양처를 열심히 알아보면 된다. 우리는 그 고양이에게 효리라는 이름을 붙여주었다. 자유롭고 행복하게 살기를 바라는 마음으로 지어준 이름. 곧 접종도 시키고 본격적인 입양 준비를 하기로 했다.

갑자기 나비가 아프기 시작했다. 사료를 주면 씹지 않고 허겁지겁 마셔버릴 정도로 식욕이 좋던 나비가 밥을 안 먹었다. 토와 설사를 했다. 순간 생각난 사실. 나비는 예방접종이 안 되어 있었다. 그리고 효리와 최근 같은 공간에 있었다. 효리도 길에서 온 아이였고 아직 예방접종이 되지 않았다. 서둘러 전염병 키트를 찍어보았다. 나비의 분변으로 검사한 키트에는 선명한 두 줄이 떠 있었다. 고양이 파보 바이러스*Feline Parvo Virus* 감염, 범백혈구감소증이었다. 고양이 파보 바이러스 감염은 접종이 되지 않은 면역력이 약한 어린 고양이에게 발병할 경우 치사율이 아주 높다. 골절 수술이 끝나고 채 2주가 지나지 않았기 때문에 나비의 접종을 미루고 있었다. 나비는 효리에게 감염된 것으로 추정되었다. 효리는 바이러스에 감염되었고, 증상이 나타나기 전의 잠복기였다. 곧 효리에게서도 증상이 시작되었다. 나비와 같은 증상이었다. 잠복기가 지나고 나니 심각한 혈변과 혈토를 하기 시작했다. 나비를 살려야 한다. 꼭 살려야 한다. 효리도 살려야 한다. 병원은 초비상 상태가 되었다. 전염병에 걸린 고양이의 입원은 병원에 진료를 보러오는 모든 고양이를 위험하게 할 수 있다.

어쩔 수 없이 병원 뒤편 직원실에 임시로 격리 입원장을 만들고 효리와 나비를 입원시켰다. 나비와 효리의 수액을 확인하고 패드를 갈아주고 주사를 주었다. 제발 버텨주기를 바랐다.

효리는 증상 시작 이후 3일째 우리 곁을 떠났다. 갑자기 왔던 그때처럼 작고 마른 몸으로 떠났다. 질병의 진행 속도는 빨랐고, 효리의 마지막은 갑작스러웠다.

나비는 효리보다 조금 더 우리 곁에 있어주었다. 밥을 전혀 못 먹어서 콧구멍에서 식도를 통해 위까지 도달하게 하는 튜브를 장착했다. 장착 자체가 구역질을 유발하는 힘든 처치인데도 나비는 잘 버텼다. 하지만 튜브를 통해 넣어주는 유동식을 모두 토해내었다. 항구토제도 소용이 없었다.

'나비야. 조금만 더 버텨줘….'

마지막 밤, 주사를 놓으려고 입원장 문을 열었다. 나비는 나를 보자 감았던 눈을 작게 뜨고 "야옹" 가느다란 울음으로 인사를 해주었다. 많이 힘들어 보였다. 다음 날 아침, 나비도 우리 곁을 떠났다. 효리가 떠난 지 5일째였다. 우리가 사랑했던 나비가 갔다.

나비가 떠나고 난 후에도 평소와 다름없는 하루는 시작

된다. 하지만 이미 모든 것은 달라졌다. 나비가 살아 있던 때로 돌아갈 수 없다. 세상은 슬픔으로 가득하다.

네가 떠난 후에도 우리는

진료가 아닌 상담을 하러 왔다고 했다. 진료실로 들어온 분의 얼굴을 보니 예전 진료가 어렴풋이 떠올랐다. 두 달 전쯤, 5개월 된 고양이를 데려왔던 남성이었다. 고양이의 이름은 복댕이. 사료를 잘 먹던 녀석이 갑자기 구토를 시작하면서 이삼일째 식욕이 없다고 했다. 혈액검사에서 특별한 이상이 보이지 않았다. 엑스레이와 함께 전염병 키트 검사도 필요하다고 말씀드렸다. 접종은 하지 않은 상태였다. 보호자는 추가 검사는 하지 않겠다고, 증상 완화를 위한 처치만 해달라고 하셨다. 병원에 왔다 간 후, 이틀이 지나고 복댕이가 죽었다고 했다.

"저 때문에 죽은 건가요? 그때 검사했으면 살릴 수 있었나요?"

보호자는 이 질문을 하러 두 달이 지난 오늘 병원에 온 것이었다. 고양이가 떠난 이후 잠이 오지 않아서 밤에는 사진을 보며 미안하다고 말해준다고 했다. 땅이 얼어붙는 추운 날씨에 너를 이렇게 찬 데 두어서 미안하다고, 복댕이를 묻어준 곳에 자주 가서 손으로 쓸어준다고도 했다.

다행히 휴대전화에 사진이 한 장 남아 있다며 나에게 보여주었다. 화면 속의 복댕이는 내가 보았을 때보다 훨씬 작았다. 어린 고양이의 모습은 흔들려서 촬영된 듯 흐릿한 실루엣만 보였다. 이렇게 그리워하는데, 남아 있는 것이 흔들린 사진 한 장뿐이라니. 안타까워서 나도 눈시울이 뜨거워졌다.

시장 입구 모퉁이에서 작은 과일 가게를 운영하고 계신 이분은 쥐를 잡게 하려고 고양이를 얻어 키웠다. 고양이가 죽고 나니 복댕이가 사람보다 더 힘이 되었다는 것을 깨달았다고 했다. 두툼한 겨울 외투 안에 복댕이를 넣어서 출근했고, 가게 문을 닫을 때까지 함께 있었다. 집에 와서도 같은 이불 안에서 자면서 고양이에게 이렇게 마음을 주는 자기 자신이 이상하게 느껴졌다고 했다. 보호자는 계속 같은 질문을 했다. "복댕이가 저 때문에 죽은 건가요?"

내가 할 수 있는 답이 무엇일까? 여러 질병의 가능성을 염두에 두고 경우의 수를 말씀드리는 것이 이분에게 도움이 될까? 예를 들어 이런 것이다. '접종을 안 했으니 전염병으로 사망했을 수도 있습니다. 음식이 아닌 것을 삼켰을 수도 있습니다. 가게 주변에 쥐약은 없나요? 독극물을 먹어서 주요 장기가 망가졌을 수도 있습니다.' 하지만 이런 말들이 무슨 소용이 있을까. 복댕이는 이미 두 달 전에 죽었다. 보호자는 죽음의 원인을 궁금해하는 것이 아니었다. 다만 지금의 고통에서 벗어나고 싶어 했다. 수의사로서 나도 입장이 있었다. 모든 진단에는 책임이 따르기 때문에 사망의 원인에 대해 말할 때는 보수적이고 방어적인 태도가 튀어나온다. 그런데 복댕이 보호자가 왔던 그날은 좀 이상했다. 방어벽으로 쌓아둔 마음의 빗장이 자꾸 열리려고 하고 있었다. 그분의 충혈된 눈, 헝클어진 머리카락이 눈에 크게 들어왔다. 고양이 사진이 있는 휴대전화를 매만졌다가 손가락으로 머리카락을 쥐어뜯듯이 잡아당기고 있었다.

"보호자분 때문에 죽은 것이 아니에요."

호흡을 가만히 고른 후에 말씀드렸다. 신 말고 누가 죽음의 원인을 단정할 수 있을까? 복댕이가 죽은 이유를 나는 모른다. 하지만 적어도 보호자가 고양이를 고의적으로 아프게 만든 것은 아니지 않은가. 나는 무리한 말을 하고 있었을지도 모른다.

"전염병에 걸렸다면 살리는 것이 쉽지 않았을 거예요. 검사를 했어도, 이렇게 급성으로 사망할 정도라면 살리기 쉽지 않았을 겁니다."

나는 가정법에 숨어서 책임을 회피하고 있었다. 틀린 말은 아니지만 위험한 말이다. 검사를 해서 원인을 찾았다면 많은 것이 달라졌을 수 있다. 검사를 해서 전염병에 걸린 것이 확인되었다면 보호자는 더 경각심을 갖고 의료 처치에 적극적으로 임했을 수도 있다. 순간 보호자의 눈에서는 반짝하는 빛이 보이는 듯했다.

"검사해도 살리지 못했을 거라는 말씀이지요?"

나의 말을 인용하는 보호자의 얼굴에는 생기가 돌았다. 어두운 방에 갑자기 불이 켜진 듯 그의 얼굴이 밝아졌다.

"나 때문에 죽은 건 아니라는 거죠?"

"네. 보호자분 때문에 죽은 게 아니에요."

"제 마음이 복댕이를 보내줘도 될 거 같으면…, 그러면 다른 고양이 키워도 될까요?"

"네, 그럼요. 데려오셔서 건강검진도 하시고 접종도 꼭 시키시고요."

병원 밖으로 나가는 그의 발걸음은 가벼워 보였다. 반대로 내 마음은 무거웠다. 감정에 치우쳐 정확한 정보를 전달하지 못했다는 자책감이 들었다. 문득 복댕이가 생각났다. 차가운 흙 속에 묻힌, 다 크지 못한 작은 고양이를 생각하니 눈물이 흘렀다.

복댕아. 오늘 아빠가 병원에 오셨어. 널 생각하면서 많이 힘들어하시더라. 며칠째 잠도 못 잔다고 하셔서 네가 아팠던 게 아빠 때문은 아니라고 말씀드렸어. 미안해. 제일 아팠던 건 너인데 우리는 네가 떠난 후에도 우리의 슬픔만 생각하는구나. 오늘 밤에 아빠는 어제보다 편하게 주무실 거야. 꿈속으로 찾아가서 아빠와 행복한 시간 보내고, 그리고 영원히 편안하렴.

수의사의 일

냥이는 6개월 된 어린 러시안블루였다. 푸르스름한 회색 털의 고양이는 그루밍을 오래 못 한 것 같았다. 털이 거칠었고 또래 고양이보다 몸이 작고 말랐다. 보호자는 젊은 부부였다. 입양 후 잘 지내던 냥이가 일주일 전부터 이상했다며, 온몸의 에너지가 서서히 빠져나가는 것 같다고 했다. 6개월 된 고양이는 터질 듯한 생명력 덩어리이다. 잠시도 쉬지 않고 무언가를 물고 잡고 뛰고 날아다닌다. 하지만 냥이는 눈을 가늘게 뜨고 진료대 위에 엎드려 있었다. 몸을 만지면 고개를 돌리는 듯하다가 다시 몸을 웅크리고 눈을 감았다.

검사 결과에서 전염성 복막염*Feline Infectious Peritonitis*이 강하게 의심되었다. 복막염은 지금까지도 그 발병 기전과 치료 방법이 명확히 규명되지 않은 질병이다. 예방법도 알기 어렵고, 치료도 역시 제한적이다. 생존 기간 중 증상을 완화하는 처치 정도가 최선이다. 전염성 복막염 감염묘가 증상을 보일 때의 사망률은 거의 100퍼센트이다. 생존 기간은 최장 8개월 정도로 보고되고 있다.* 진단도 치료도 어려

* 최근에는 이 질병에 대한 신약 개발과 새로 도입되는 처치 방법으로 생존 기간이 눈에 띄게 연장되고 있다.

운 고양이 복막염은 최악의 바이러스성 질병이다. 보호자에게는 큰 무력감을 준다. 고통스러워하는 고양이를 도와주지 못한 채 다가오는 죽음을 가만히 기다려야 하기 때문이다. 하지만 냥이는 우리 옆에 살아 있었다. 허락된 시간 동안 최대한 삶의 질을 높이는 방향으로 치료해보기로 했다. 수액과 주사 처치를 위해 입원 치료를 시작했다.

입원장 안에서 수액을 맞는 냥이는 미동도 없이 조용했다. 병원 안에 무거운 긴장감이 흘렀다. 숨을 쉬고 있는지 확인하기 위해 입원장 앞을 계속 지켜야 했다. 다음 날 아침, 냥이는 일어서려고 다리에 힘을 주고 있었다. 비틀거리면서도 자기 힘으로 서서 걷고 싶어 했다. 입원장 문을 열려고 손을 내미는데 작은 소리가 들렸다. "냐아."

처음 들어보는 냥이의 목소리였다. 작은 소리였지만 확실하게 자기표현을 담고 있었다. 모두 박수 치며 좋아했다. 처음 목소리를 냈으니 이제 맛있는 걸 먹여보자! 냥이가 먹을 만한 것들을 시도해보았다. 처음에는 음식에 전혀 관심을 보이지 않던 아이가 조금씩 킁킁 간식 냄새를 맡기 시작했다. 입으로 음식을 넣어주면 뱉어내거나 토하지 않고 잘 삼켰다. 밥을 먹기 시작한 냥이를 병원이 아닌 집에서 돌보기로 했다. 가족들이 없는 병원에서 남은 시간을 보내게 할 수는 없었다. 시간이 얼마 남지 않았기 때문이다. 나흘 만에 보호자를 본 냥이는 웅얼거리는 듯 작은 소리를 냈다. "냐아, 니야, 그르릉…, 꺄아…." 병원에서 있었던 일을 모두 말해주려는 것 같았다. 반가움과 애정이 흘러넘치는 소리였다. 병원은 눈물바다가 되었다.

집에서 수액을 주는 일은 쉽지 않다. 수액 줄에 혈액이 응고되어 막힐 수도 있고 수액이 들어가는 발이 부을 수도 있다. 무엇보다 한 사람이 옆에 딱 붙어서 수액이 잘 들어가는지 계속 확인해야 한다. 수액 유지 방법과 돌발 상황에 대해 안내하고 수액을 달아 냥이를 집으로 보냈다.

집으로 간 지 세 시간 후 병원으로 전화가 왔다. 수액이 잘 들어가지 않는다는 것이었다. 퇴근하고 냥이네 집에 방문하여 수액 라인을 확인하기로 했다. 겨울이 깊어가고 있었다. 퇴근 무렵 이미 밖은 어두웠다. 어둡고 추운 길, 운전하는 내내 마음이 어두웠다. 조용히 누워 가느다란 숨을 쉬고 있을 냥이, 그 옆에 있을 보호자들의 어두운 표정을 생각하니 마음이 무거웠다.

현관문을 열고 안으로 들어가니 거실 한편에 누워 있는 냥이가 보였다. 폭신해 보이는 커다란 이불 안에 있으니 작은 고양이가 더 작아 보였다. 그래도 병원에서보다 훨씬 편안해 보였다. 냥이 옆에는 유동식, 강제급여를 위한 주사기, 냥이가 좋아하던 간식, 약 봉투, 배변 패드, 장난감들이 놓여 있었다. 밤새 냥이 옆을 지킬 가족들의 모습이 그려졌다. 그들을 감싼 집 안의 공기는 따뜻하고 부드러웠다. 간단한 처치 이후 수액이 잘 들어가는 것을 확인하고 집을 나왔다.

바깥 추위는 귀가 시려 아플 정도였지만 나는 추위가 아무렇지도 않았다. 가족들이 다정하게 말을 걸면 "냐아…" 하고 작은 목소리로 대답을 하는 냥이를 보고 나왔기 때문이다. 재주소년의 노래, 〈눈 오던 날〉을 들으며 천천히 운전해서 집으로 왔다. 나에게 묻어 있을 냥이네의 온기에 더 머물고 싶었다. 냥이와 가족들이 함께하는, 너무나 짧아서 아쉬운 그 순간에 말이다.

그로부터 3주 후 냥이 엄마가 병원으로 왔다. 냥이가 유동식을 조금 삼키긴 하지만 살이 많이 빠지고 있다고 했다. 아예 안 먹는 것은 아니지만, 극소량이었다. 냥이가 살아 있기는 한 건지, 아니면 이미 우리 곁을 떠난 건지도 모르겠다고 했다. 숨을 안 쉬는 것 같아서 몸을 만지면 눈을 가늘게 뜨고 엄마를 바라보아서 하루 중 몇 번이나 가슴을 쓸어내린다고 했다. 냥이가 떠날 날이 얼마 남지 않았다는 것을 부정할 수는 없었다. 투병 시작 후 두 달이 막 넘어가는 시기였다. 냥이 엄마는 내 앞에서 한참을 울다가 갔다.

며칠 후 아침 일찍 냥이 엄마로부터 전화가 왔다. 새벽에 냥이가 자는 듯이 세상을 떠났다는 소식을 전해주었다. 서로 울먹이다가 말을 잇지 못하고 전화가 끊겼다. 그동안 눌러두었던 감정이 소용돌이쳤다. 그날은 진료를 보면서도 하루 종일 냥이가 떠올랐다. 밤에는 냥이를 생각하면서 촛불을 켰다. 소용돌이쳤던 감정들이 바닥에 가만히 가라앉았다. 마음 깊은 곳에는 슬픔과 더불어 안도감과 미안한 감정이 크게 자리 잡고 있었다. 슬픔은 자연스럽게 느꼈지만 안도감과 미안한 감정은 스스로 납득하기 어려운 감정이었다. 순간 며칠 전 냥이 엄마가 병원에 찾아왔을 때가 떠올랐다. 냥이가 거의 아무것도 먹지 않고 자꾸 말라간다고, 아직 살아 있는 게 맞냐고 울면서 물어보던 날, 조마조마했던 마음이 기억났다. 보호자가 고양이를 안락사해달라고

요구할까 봐 불안했다. 그랬다. 나의 안도감은 이제 안락사를 하지 않아도 된다는 것에서 왔다. 그리고 냥이의 부고에 안도감을 느낀 내가 미웠다. 그것이 안도감과 죄책감의 정체였다.

할 수 있는 의료적 처치에 반응이 없고, 소생 가능성이 없으며 고통만 지속할 것이 자명한 경우 약물을 사용하여 동물을 죽음에 이르게 하기도 한다. 그것이 수의사들의 일이기도 하다. 하지만 이유가 무엇이든 한 생명을 내 손으로 죽음에 이르게 한다는 사실은 변하지 않는다. 그 순간 이전에는 나와 그 동물이 함께 존재했지만, 약물 처치 이후에 그 동물은 죽는다. 한 생명이 사라지고 나만 남는다. 죽음은 돌이킬 수 없이 무겁다. 두렵고도 외롭다. 보호자와 함께 선택한 죽음이 과연 최선이었는지에 대한 질문도 쉽게 끝나지 않는다. 수의사로서 해야 하는 안락사라는 행위가 나는 언제나 참 두렵다.

안도감과 죄책감이 어디서 시작된 것인지 알고 나니 마음이 조금 가벼워졌다. 그리고 다시 한번 진심 어린 애도를 할 수 있을 것 같았다. 냥이가 수액을 맞으며 누워 있던 거실의 따뜻한 공기가 떠올랐다. 엄마 아빠의 다정한 목소리에 작은 목소리로 대답하던 아이를 떠올렸다. 환하게 미소가 피어오르던 냥이 아빠의 얼굴도. 그 순간 나는 알았다. 냥이는 가족들에게 큰 사랑을 주고 떠났고, 그 사랑을 경험한 가족들은 아마 또 다른 사랑에도 용기 낼 수 있을 것이라는 사실을. 그들의 사랑을 잠시 엿보기만 한 내게도 이렇게 깊은 울림을 주는 것을 보면 동물들은 작지만, 참 큰 생명이다.

얼룩이와 얼룩이

얼룩이는 고양이였다. 얼굴과 귀는 형광빛이 돌 정도로 새하얬고, 몸통과 꼬리에는 검은색과 흰색 털이 섞여 있었다. 흰색 부츠를 신은 듯 네 발등은 하얬다. 흰 몸통 위에 큰 붓을 사용해 한 획으로 끊김 없이 그린 듯이 부드러운 색의 변화가 아름다웠다.

3년 전, 얼룩이가 처참한 모습으로 우리 병원에 왔다. 발작적으로 피 섞인 거품을 토하면서 아빠 품에 안겨 축 늘어져 있었다. 어떤 처치도 할 겨를 없이 병원에 오자마자 허망하게 세상을 떠났다. 검사를 못 했으니 사망 원인을 알 수도 없었다. 발작적 혈토 이후 급사한 것으로 보아 맹독성이 있는 무언가를 먹었을 것으로 추측할 뿐이었다. 얼룩이가 사망했다는 이야기를 듣자 보호자가 마른 눈물을 흘렸다. 얼룩이의 몸을 끌어안고 끅끅 작은 소리로 울다가 이내 이름을 부르며 대성통곡했다.

보호자가 고양이를 처음 만난 곳은 일하던 밭이었다. 당시 고양이는 이제 막 눈을 뜬 갓난아이여서 분유를 먹이면서 키웠다. 밭일을 나갈 때마다 유모차에 얼룩이를 태워 갔다. 목줄을 길게 한 상태로 유모차에 묶어두면 얼룩이는 일하는 아빠 근처만 어른거렸다. 그런 얼룩이가 갑자기 세상을 떠났고, 아빠는 그 죽음을 오랫동안 받아들이지 못했다. 얼룩이가 사라지면서 자기도 사라져버린 듯했다. 보호자는 이후에도 텅 빈 눈으로 몇 번 병원에 들렀다. 얼룩이가 왜 죽은 건지 알고 싶어 했지만 부검하지 않고서는 정확한 사인을 알기 어려웠다. 난감해하는 내 앞에서 굵은 눈물을 떨어뜨렸다. 마음이 어두웠지만 내가 할 수 있는 일이 없었다.

"원장님! 안녕하세요!"

얼룩이 아빠가 3년 만에 병원을 찾았다. 병원 문을 힘차게 밀고 들어오는 표정이 밝았다. 품에는 작은 고양이가 안겨 있었다. 새로운 생명을 가족으로 받아들인 것 같았다. 2개월 된 아기 고양이는 청진기를 깨물며 장난을 치고 장난감과 간식에도 반응이 좋았다. 어디에서 고양이를 데려왔는지 묻자, 지난주 밭에서 발견된 고양이라고 했다. 이름은 얼룩이라고 했다. 3년 전에 죽은 얼룩이의 이름을 따서 붙인 것 같았다. 어린 얼룩이의 첫 진료가 끝나고 좀 이상한 기분이 들었다. 오늘 보았던 어린 얼룩이의 모습이 3년 전 세상을 떠난 얼룩이의 모습과 너무 닮았다는 생각이 들었다. 하얀색 털로 덮인 얼굴과 네 발등, 검은색이 대부분인 등에서 시작된 흰 털이 꼬리로 연결되는 모습이 정말 비슷했다. 3년 전 얼룩이를 떠올리며 짧은 기도를 했다. 어린 얼룩이가 쥐약이나 농약 근처에도 못 가게 해달라고, 아빠와 오래 행복하게 살게 해달라고 기도했다.

그렇게 3차 접종까지 마무리하고 2개월이 지났다. 얼룩이 아빠가 다시 병원에 왔다. 얼룩이 사료를 사고 싶다고 하셨다. 얼룩이는 이제 태어난 지 7개월 정도로 추정되니 어린 고양이에게 주는 사료를 추천했다.

"7개월이요? 얼룩이는 이제 다섯 살이 다 되어가는데 무슨 소리예요?"

혹시 농담하시는 걸까? 보호자의 얼굴을 똑바로 보았다. 농담기가 전혀 없는 진지한 얼굴이었다. 나는 혼란스러워졌다. 두 달 전 기초 접종이 끝난 얼룩이가 다섯 살일 리가 없었다. 내 눈으로 본 사실이기에 의심의 여지가 없었다.

"얼룩이가 다섯 살이라고요?"

"네. 제가 분유 먹여서 키운 얼룩이요."

"얼마 전에 밭에서 데려와서 접종도 시키셨고…."

"제가 밭에서 데려와서 키운 지 이제 5년 되어가잖아요. 다 아시잖아요."

보호자는 3년 전에 죽은 얼룩이를 말하고 있었다. 하지만 죽은 얼룩이 차트에는 '사망'이라는 표시가 뚜렷했다. 별다른 말을 하지 못하고 얼버무리고 말았다.

한 달 후 얼룩이 아빠가 다시 병원을 찾아와서 물었다.

"우리 얼룩이 다섯 살 맞지요?"

그는 한쪽 손가락으로 반대편 손등을 반복적으로 꼬집고 있었다. 곧 피가 날 것처럼 빨갛게 부어오른 손등을 얼룩이 아빠는 계속 세게 꼬집고 있었다. 흔들리는 눈동자는 불안해 보였다. 순간 얼룩이가 고통스럽게 죽던 그때가 떠올랐다. 죽은 얼룩이를 끌어안고 병원 바닥에 주저앉아 통곡하던 모습, 축 늘어진 얼룩이 얼굴에 자기 얼굴을 비비면서 이름을 부르던 모습도 생생했다. 그 고통의 심연에서 빠져

나오기 위해 이 사람은 3년이라는 시간을 지웠다. 얼룩이와 행복했던 기억만 남기기 위한 자기만의 방식으로 말이다. 우연히 나타난 어린 고양이는 지워져서 없어진 퍼즐을 다시 채워주었고 아빠에게 다시 가족이 되어주었다.

가까스로 탈출한 고통의 심연을 다시 들여다보도록 하는 사람이 내가 되기는 싫었다. 얼룩이가 다섯 살이 맞냐는 질문에 나는 말없이 고개만 끄덕였다. 거짓말을 한다는 죄책감은 그의 얼굴에 나타나는 평화와 등가 교환되었다. 얼룩이 아빠는 알쏭달쏭한 미소를 짓고 병원을 나갔다.

그날 밤 잠이 오지 않아 한동안 뒤척였다. 괴로운 시간을 지우고 싶어서 안간힘 썼던 언젠가의 내가 떠올랐다. 얼룩이에 대한 고통스러운 기억을 지우면서 행복한 추억도 지워졌을까? 기억을 지우는 것이 고통도 행복도, 내 삶도 모두 지워야 하는 거라면 언젠가 과거의 나는 어떤 선택을 했을까? 누구에게나 버틸 수 있을 만큼의 고통만 허락되는 것은 아니다. 살아남는 것만이 목표가 되는 시간도 있다. 그럴 때는 그것만으로 대단한 일이다. 아슬아슬한 얼룩이 아빠의 행복이 깨지지 않기를 바라며 긴 밤이 지나갔다.

곁에 있다는 것만으로

어렸을 때 잠깐 함께 살았던 강아지가 있었다. 작은 재롱이라는 이름을 줄여서 작재라고 불렀다. 아빠가 어디에선가 데려온 작은 강아지였는데 동그랗고 까만 눈이 반짝거렸고 크림색의 짧은 털은 부드러웠다. 손가락으로 등을 쓰다듬으면 너무 부드러워서 손가락이 간질거렸다. 작재는 항상 우리 남매와 함께 지냈다. 잠도 같이, 책 읽을 때도 같이, 텔레비전을 볼 때도 우리와 같이했다. 꼬물거리며 걸어다니는 통통한 작재가 너무 귀여웠다.

작재가 세상을 떠났던 날. 하늘은 아주 파랬고 솜사탕 같은 구름이 떠 있었다. 손을 뻗어 닿으면 부서질 듯 햇살은 건조하고 눈부셨다. 당시 나는 여섯 살이었고 늘 언니를 쫓아다녔다. 나보다 한 살 어린 남동생이 있었는데, 두 살 많은 언니와 남동생 사이에서 나는 항상 불안했던 것 같다. 부모님은 남동생을 나보다 더 사랑하는 것 같았고 언니는 항상 밝게 웃는 모범생이었다. 둘째 딸인 나는 아무도 알려주지 않는 내 존재 이유를 찾느라 바빴고 자주 억울했다. 지금 생각하면 젊은 부모님은 직장 생활을 하면서 어린아이 셋을 키워내느라 엄청나게 고된 시간을 보내셨으리라.

하지만 여섯 살의 내가 그런 것을 이해할 리 없었다. 늘 바쁘고 피곤한 엄마보다 나한테 책을 읽어주고 그림을 그려주는 언니에게 의지했다. 언니가 초등학교에 입학한 이후에는 언니를 기다리며 무료한 오후를 보내는 시간이 많아졌다.

그날도 마당에 누워 하늘을 보고 있었다. 파란 하늘에서 흰 구름이 천천히 움직였다. 마당에서 가만히 하늘을 바라보는 시간을 나는 정말 좋아했다. 그 아름다운 세계로 더 가까이 가고 싶었을까? 나는 우리 집에서 하늘과 제일 가까운 연탄 창고 위 장독대로 가기 위해 작재를 데리고 계단을 올라갔다. 같이 장독대에서 소꿉놀이하기 위해 마당에서 풀도 뜯고 돌멩이도 주머니에 넣었던 것 같다. 돌멩이로 풀을 짓이기고 있으면 작재가 작은 이빨로 내 손을 물었다. 지금 돌아보면 이제 막 이빨이 나기 시작한 두 달도 안 된 어린 강아지였던 것 같다. 손을 물어도 아프지 않고 간지러운 느낌에 깔깔 웃었던 기억이 난다. 낯을 많이 가렸던 나는 어린 시절에 혼자 하는 1인 2역 놀이를 좋아했다. 언니가 없을 때면 집에서 혼자 말하고 혼자 대답하며 놀았다. 하지만 작재는 나를 혼자 두지 않았다. 혼자 말을 하면 작재가 "앙앙" 짖으며 내게 말도 걸고 대답해주었다. 한참을 놀다 보니 뜨거운 햇빛에 어질어질한 느낌이 들었다. 이제 밑으로 내려가야 할 것 같았다. 그런데 옆에 있던 작재가 보이지 않았다. 작재의 이름을 부르며 장독 사이로 걸어가니 뒷모습이 보였다. 그 장면이 선명하게 기억난다. 작재는 고개를 숙여 어떤 가루를 정신없이 핥고 있었다. 가루는 형광 분홍색이었고 햇빛을 받아 보석처럼 반짝였다. 이상한 느낌이 들어 뛰어가서 작재를 품에 안았다. 무엇인지 몰랐지만 처음 보는 그 기분 나쁜 색깔의 가루가 불길했다. 작재의 입가에는 온통 그 보석 가루가 묻어 있었고 내 품에 안긴 작재는 혓바닥으로 입 주변에 묻은 가루를 핥아서 모두 삼켰다.

몇 시간 후 작재가 토하기 시작했다. 뭔가 잘못된 것 같았다. 엄마에게 옥상에서 작재가 분홍색 가루를 먹었다고 말했다. 엄마가 당황해하며 그 가루가 쥐약이라고 말했다. 강아지가 장독대까지는 올라가지 못할 것 같아 그곳에 쥐약을 놓았다고 하셨다. 여섯 살이었지만 쥐약이 위험하다는 것은 알았다. 내가 작재를 장독대로 데려갔고 그 아이를 위험에 빠뜨린 사람이 나라는 것도 정확하게 이해했다. 퇴근한 아빠가 마당으로 들어와 상황을 보더니, 부엌으로 들어가서 소금물을 만들어서 가져왔다. 밥숟가락에 소금물을 떠서 작재에게 먹였다. 먹은 것을 토하게 하려고 했던 것 같다. 작은 강아지는 소금물을 채 삼키지 못하고 모두 토해냈다. 무서운 일이 벌어진 것이다.

작재가 새빨간 피가 섞인 거품을 토하면서 머리를 흔들었다. 아빠의 흰 윗옷이 빨갛게 물들었다. 그렇게 당황한 아빠의 모습을 처음 보았다. 신발을 벗지도 못하고 부엌에 가서 몇 차례 소금물을 만들어왔다. 아빠 옆에서 나는 얼어 있었다. 엄마는 그런 나를 안고 집 안으로 들어갔다.

추운 날 늘 그랬듯이 엄마는 그날 밤도 솜이불을 덮어주었다. 두꺼운 솜이불의 적당한 무게감은 어린 시절 나의 어쩔 줄 모르는 감정들을 가라앉혀주는 특효약이었다. 해결되지 않는 낮 동안의 모든 감정은 솜이불 안으로 몸을 누이면 아득해졌고 다음 날에 일어나면 모두 사라졌었다. 하지만 작재가 떠난 날, 길고 긴 밤 내내 눈물이 계속 흘러나왔다. 6년의 인생을 살아오면서 겪었던 모든 일보다 훨씬 더 엄청난 일이 벌어졌다는 것을 나는 알았다. 두꺼운 솜이불도 눈물을 멈추게 하지 못했으니까. 땀을 뻘뻘 흘리며 눈물을 흘리는 나의 이마를 엄마가 계속 쓸어주셨다. 자고 일어나도 전날의 마음이 그대로 남아 있었다. 처음 느껴보는 괴로움이었다.

마당에 누워서 파란 하늘을 보는 것도, 하늘에서 천천히 움직이던 구름을 보는 것도 재미있지 않았다. 아름답지도 않았다. 엄마와 아빠, 언니와 남동생이 나를 비난할까 봐 걱정했다. 우리 가족 모두가 사랑했던 작은 강아지를 내가 죽였다고 생각했다. 상처받을 준비를 잔뜩 했던 나는 작재가 떠난 이후 가족들의 눈치를 보았다. 하지만 아무도 나에게 작재에 대해 이야기하지 않았다. 언니는 그림을 그려서 그 전보다 더 많이 가위로 오려주었다. 내가 제일 좋아하는 그림들만 골라서 그려주었다. 엄마는 잠을 자다가 자꾸 깨는 나를 살피느라 안 그래도 피곤한 얼굴이 더 수척해졌다. 지금 생각하니 가족들 모두 작재를 사랑했고 작재의 죽음에 슬퍼했으며 동시에 작재에 대한 죄책감으로 괴로워하는 나를 묵묵히 버텨주었다. 괴로운 마음들로 가득 찼던 어렸을 때 내가 살던 집 안의 공기가 떠오른다.

병원에서는 예상치 못했던 사고로 혹은 미처 생각하지 못했던 일들로 허망하게 세상을 떠난 반려동물들을 보게 된다. 그리고 그 죽음에 대한 죄책감과 슬픔, 괴로움으로 몸부림치는 보호자들을 만난다. 다른 누구보다 자기 자신을 비난하는 그들에게 나는 어떤 말도 하지 못한다. 생생한 고통 속에서 자신을 미워하는 것만이 가능한 순간, 내가 할 수 있는 것은 옆에서 같이 그 고통의 무게를 버티는 것뿐이다. 할 수 있는 말이 있다면 내가 병원에서 만났던 그 아이가 참 예뻤다고, 나에게도 기쁨을 주는 아이여서 참 고마웠다는 말 정도일까.

늦었지만 작재에게 그 말을 꼭 해주고 싶다. 외로웠던 어린 내 곁에 있어줘서 고마웠다고, 옆에 있다는 것만으로도 충분하다는 걸 알게 해줘서 참 고마웠다고. 사랑한다고.

제가 데려올게요

병원 앞에 트럭이 섰다. 한 남자가 문을 열고 들어왔다. 장갑을 낀 손으로 상자를 들고 있는데 온몸에 지친 기색이 역력했다. 장갑과 상자에는 진흙이 말라붙어 있었다. 안에 있는 고양이는 미동 없이 몸을 웅크리고 있었다. 상자를 열어보니 흙이 잔뜩 묻은 털이 보였다. 흰색과 노란 털이 섞인 치즈 태비였다. 털 사이로 불안한 눈동자가 잠깐 반짝였다. 진료 접수를 위해 고양이의 이름과 간단한 정보를 물었다.

"이름은 없어요. 동네 몇 집에서 같이 챙겨주는 고양인데 3일간 안 보이다가 오늘 돌아왔는데 걷지를 못합니다."

악취가 진동했다. 이미 한동안 괴사가 진행된 냄새. 이 생명체의 어디선가 피부와 근육이 썩어가고 있었다. 왼쪽 뒷다리가 불편해 보였다. 진흙과 피가 엉겨 붙어 있는 털을 조심스럽게 밀었다. 털과 함께 피부 조직이 뚝뚝 떨어져나와 하얀 인대와 뼈가 드러났다. 털을 다 밀고 보니 발목 관절 밑으로 만져지는 피부가 차가웠다. 회색과 보라색으로 얼룩덜룩한 피부를 세게 꼬집어보아도 고양이는 전혀 아파하지 않았다. 날카로운 무언가에 발목 관절이 오랫동안 조여져 있던 듯했다. 발목 관절 아래로는 다리를 살릴 수가 없을 것 같았다. 다리를 절단하지 않으면 괴사 부위가 금세 퍼져나갈 것이다. 빠른 절단 수술을 권했다.

남자는 고양이의 머리를 쓸어주고 있었고, 고양이는 남자의 손가락을 핥아주었다. 동물병원에서 일하다 보면 때로는 아픈 동물보다 동물을 데려온 사람의 표정을 더 살피게 된다. 동물이 제 발로 병원에 올 수 없기 때문이다. 동물의 생사는 자신을 데려온 사람에게 달려 있다. 아무리 치료가 시급해도, 보호자가 원하지 않으면 치료를 못 하는 경우도 많다. 남자가 한숨을 쉬었다.

"치료한다 해도 키우지 못하는 상황이어서요."

고양이 다리를 붕대로 감아달라고 했다. 붕대로 감아도 괴사 부위가 더 커질 것이다. 그래도 붕대만 감고 데려갈 건지 물었다. 남자는 고개를 숙이고 상자 안 고양이를 쳐다보고 있었다. 고양이는 남자의 손바닥에 얼굴을 베고 눈을 감고 있었다.

"그냥 그렇게 해주세요. 살아 있는 동안 제가 따뜻하게 해주고 끝까지 밥 줄게요."

그렇게 고양이는 차가워진 뒷다리에 붕대를 감고 병원 밖으로 나갔다.

나도 퇴근을 했다. 집에 가서 저녁을 먹고 텔레비전을 켰다. 저녁 뉴스가 끝나가고 오늘의 날씨가 나오는데, 눈물이 핑 돌았다. 텔레비전을 끄고 소파에 누워 우리 집 강아지들의 목덜미를 쓸어주었다. 반려조 앵무새 사랑이의 부리 장난도 받아주었다. 그래도 눈물이 멈추지 않았다. 순간 예전에 누군가와 했던 대화가 머리를 스쳤다.

"아무도 입양 안 하는 장애묘가 있으면 제가 데려와서 키우고 싶어요."

고양이를 여럿 키워 종종 병원에 오는 보호자 J의 말이었다. 몇 달 전 진료 중 지나가는 듯이 했던 말이었지만 확실히 기억났다. 시계를 보니 밤 열 시 반이었다. 늦은 시간이었지만 J에게 전화하여 상황을 설명했다. 다리를 절단하는 수술을 하면 바깥 생활이 힘드니 입양처가 필요한 상황이었다. 혹시 지금도 장애묘를 입양할 의사가 있는지를 물었다. 그럴 생각이 있다면 우리 병원에서 수술해보겠다고 말씀드렸다.

"네. 제가 데려올게요. 언제 데리러 가면 될까요?"

믿기지 않는 빠른 대답이었다. 감동할 시간이 없었다. 지금도 그 고양이의 다리가 괴사하고 있기 때문이다. 빨리 수술을 해야 했다. J에게는 짧은 감사 인사만 전하고 고양이 보호자에게 전화했다. 늦은 시간이었지만 다행히 보호자는 전화를 받았다. 그리고 다음 날 아침에 병원으로 고양이를 데려다주었다. 그렇게 수술을 무사히 마쳤다.

이후 J는 아이의 소식을 사진과 함께 종종 알려주었다. 세 다리로 사는 생활에 곧 익숙해진 녀석은 가벼운 점프도 할 수 있게 되었다. 창틀 정도는 가볍게 뛰어올라 집 밖을 쳐다보는 집냥이가 된 것이다. 사진을 보니 창틀 위에 앉아 햇볕을 쬐고 있는 뒷모습이 편안해 보였다. 흐뭇해서 웃음이 났다.

고양이를 가족으로 받아주어서 정말 감사하다는 나의 말

에 J가 이렇게 답했다.

"퇴근하고 집에 오면 옆에 딱 붙어 있어요. 제가 잘 때 그루밍도 해주고 꾹꾹이도 해줍니다. 얼마나 예쁜지 몰라요. 이렇게 예쁜 아이 보내주셔서 감사합니다."

J의 대답을 듣는 순간 내 마음에 걸려 있던 빗장이 툭 하고 풀렸다. 나는 사람들의 말을 믿지 않기 위해 자주 마음의 빗장을 걸어둔다. 말을 그대로 믿으면 결국 상처받을 것이라는 불안함이 있기 때문이다. 언젠가부터 상처받지 않기 위해서 내 말과 행동을 나 자신이 아닌 다른 것으로 꾸며야 한다는 강박감이 있었다. 있는 그대로의 내 모습을 보여주면 결국 혼자 남겨질 것이라는 두려움. 참 피곤한 일이다. 나 자신을 스스로 믿어주지 않으니 상대가 하는 말도 우선 의심하고 본다. 상대가 하는 따뜻한 위로도 착한 마음도 위선일 거라고 짐작해버린다. 그러면 상처받을 일이 없을 것처럼 말이다. 사실 그렇지도 않은데….

수화기 너머에서 전해지는 J의 음성을 들었을 때 그 말이 온전한 진심이라는 것을 나는 곧 알았다. 사람들의 선한 말은 위선이라는 내 생각은 틀렸던 것 같다. 아무도 입양하지 않을 장애묘를 가족으로 들이고 싶다는 말, 고양이를 보내줘서 고맙다는 J의 말은 위선이 아닌 진짜였다. 상대의 말을 그대로 듣고 그 선의에 온전히 감동하면서 살아갈 수 있다는 걸 그는 나에게 알려주었다. 그게 더 행복에 가까워지는 삶이라는 것을 알았다. 또한 J는 나에게 용기를 주었다. 있는 그대로의 내 모습으로 세상과 소통해도 괜찮다는 용기 말이다. 상처받을지라도 진심이었다면 다시 시작할 수 있다. 그러니 지레 겁먹지 말자. 뚜벅뚜벅 세상 속을 걸어가 보자.

슬픔 안에서도 행복할 수 있다

마트 주차장에서 똘똘이 엄마를 보았다. 주차하고 차에서 내리니 반대편 라인에 차를 세우고 내리는 똘똘이 엄마의 모습이 보였다. 어떻게 인사해야 할까? 인사를 하는 게 좋을까, 아니면…, 망설이다가 얼굴을 들어보니 똘똘이 엄마는 이미 방향을 돌려 마트 입구로 걸어가고 있었다. 똘똘이 엄마의 차가 보였다. 차 안 룸미러에 매달린 강아지 인형이 보였다. 예전의 똘똘이처럼 흰 털이 길게 난 강아지 인형이었다. 힘들어하던 똘똘이가 생각나서 눈물이 핑 돌았다.

똘똘이는 3년 전에 병원에 왔던 작은 강아지였다. 걸을 때마다 은빛 가루가 바닥에 떨어질 듯이 흰색 털이 눈부시게 흔들렸다. 갑자기 똘똘이가 기운이 좀 없고 밥을 덜 먹는데도 배가 불룩 나오는 것 같다고 병원에 데려왔다. 열 살이 넘었으니 건강검진을 해보자고 말씀드렸다. 검사 결과는 충격적이었다. 엑스레이 사진에서 복부의 절반 이상 가득 채우고 있는 커다란 덩어리가 보였다. 그 덩어리 때문에 다른 장기들이 모두 밀려날 정도로 컸다. 초음파로 복부 상태를 확인하니 비장으로 보이는 장기에 커다란 종양이 확인되었다. 혈액검사로는 빈혈이 확인되었다. 비장은 혈액을 만들고 저장, 공급하는 데에 중요한 역할을 하는 장기이다. 이미 혈액검사에서 빈혈이 나타날 정도면 더 악화되기 전에 빠른 조치가 필요하다. 종양 덩어리가 배 속에서 터지기라도 한다면 응급상황이 될 수도 있다. 서둘러 큰 병원에 가서 필요한 처치를 한 후에 수술하도록 권했다.

다행히 큰 병원에 가서 똘똘이는 비장 적출 수술을 무사히 끝냈다. 안타깝게도 조직검사 결과는 악성 종양인 혈관육종*Hemangiosarcoma*이었다. 비장 적출 수술 이후에도 다른 장기로의 전이 가능성이 높은 악성 종양이다. 악성 종양이라는 소식에 놀랐지만, 똘똘이의 가족들은 수술 후 무사히 회복해준 똘똘이를 많이 대견해했다. 그리고 얼마 남지 않았을 똘똘이와의 생활을 더 애틋하게 여기는 듯 보였다. 똘똘이는 밥도 잘 먹고 다시 크게 짖기도 하면서 건강해졌다.

수술한 지 3개월이 지났을 때, 다시 기운이 없어지고 구토가 잦아진 똘똘이가 병원에 왔다. 기력 없이 초음파 침대 위에 누워 있는 똘똘이의 배 안을 초음파로 살펴보았다. 똘똘이의 배 속에는 다시 종양 덩어리가 자라고 있었다. 간단한 초음파만으로도 간에 서너 개의 큰 덩어리가 확인되었다. 전이가 강하게 의심되었다. 수술 전에는 보이지 않았던 복수도 보였다. 혈액검사를 하니 간 수치와 신장 수치가 많이 상승해 있었다. 똘똘이는 수술했던 병원에서 CT를 찍고 항암치료를 시작했다. 4, 5개월의 항암치료를 진행하며 똘똘이의 체중이 3킬로그램에서 2킬로그램으로 빠졌고, 거의 밥을 먹지 못했다. 코에서 식도로 관을 넣어서 가족들이 음식물을 직접 주입해주었는데, 그마저도 똘똘이는 모두 토해냈다고 했다. 구토가 심하면 24시간 병원에서 며칠 동안 입원을 시키곤 했다. 하지만 이렇게 힘든 항암치료에도 종양은 계속 커졌다. 커지는 간의 종양과 복수 때문에 똘똘이의 배는 점점 더 불러왔고 걸을 때 바닥에 닿을 정도가 되어 움직이기도 힘들었다.

가족들은 항암치료를 중단하고, 남은 똘똘이의 삶을 최대한 편안하게 지낼 수 있도록 호스피스를 결정했다. 부작용이 심했던 항암제들은 투약을 중단했다. 통증을 완화하고 복수를 줄이기 위한 처치를 시작했다. 항암제를 중단하니 똘똘이는 예전에 잘 먹던 것들을 조금씩 먹었다. 좋아하던 삶은 고구마와 달걀을 보고 눈을 반짝이며 스스로 먹기도 했다. 호스피스를 하며 3주 정도 식욕이 있던 똘똘이가 다시 구토해 병원에 왔다. 똘똘이는 오줌을 싸지 못했다. 검사 결과 급성 신부전이 의심되었다. 반짝이던 똘똘이의 눈에 초점이 없었다. 동공반사가 미약했다. 검은 동공은 크게 열려 있었다. 이뇨제를 투약해도 똘똘이는 오줌을 만들어내지 못했다. 계속 오줌을 싸지 못하는 상황이면 오래 버티기 힘들다. 현재 상황을 설명하니 똘똘이 엄마가 말했다.

"타지에 있는 딸을 불러서 얼굴 보고 인사하게 할게요. 똘똘이 언니가 걱정 많이 했거든요."

똘똘이 엄마는 지쳐 보였다. 두 시간 후에 똘똘이 언니가 병원으로 들어왔다. 눈물을 흘리며 똘똘이의 이름을 부르고 얼굴을 만져주니 작은 기적이 일어났다. 하루 종일 옆으로 누워만 있던 똘똘이가 얼굴을 들었다. 그리고 언니의 손가락을 천천히 핥아주었다. 두 눈은 또렷하게 언니를 향해 초점을 맞추고 있었다.

"어 똘똘이요! 오줌 쌌어요!"

간호사 선생님이 똘똘이 밑에 있던 패드에 오줌이 흥건하게 젖은 것을 발견했다. 똘똘이가 언니를 똑바로 바라보고, 핥아주기도 하고, 오줌도 싼 것이다. 가족들은 다시 똘똘이를 조심스럽게 안고 집으로 데려갔다. 하루라도, 한 시간이라도 더 똘똘이와 함께하고 싶은 마음이었을 것이다.

똘똘이는 그 이후에도 두 번 더 병원에 왔다. 신부전도 있었지만 나중에는 극심한 췌장염으로 힘들어했다. 종양 환자들의 마지막은 여러 합병증으로 인한 고통과의 싸움이다. 보호자는 똘똘이의 고통을 멈춰주고 싶다고 안락사를 부탁했다. 하지만 그때마다 안락사 시행 직전에 다급하게 처치실 문을 두드렸다.

"안 되겠어요. 똘똘이 조금만 더 제가 데리고 있다가 다시 올게요. 미안해서요. 이렇게 보낼 수는 없어요."

펑펑 울면서 똘똘이를 데려가셨던 마지막 그날 이후 똘똘이 엄마는 더 이상 병원에 오지 않았다. 똘똘이의 안부가 궁금했지만 전화해볼 수는 없었다. 아마 엄마 곁에서 똘똘이는 숨을 거두었을 것이다. 가족들은 숨을 거둔 똘똘이를 안고 많이 울었을 것이다.

마트 주차장에서 똘똘이 엄마를 보았을 때 나는 선뜻 인사하러 다가가지 못했다. 언젠가의 기억을 떠올리게 될까 봐 두려웠던 것 같다. 10년 전쯤 내가 겪었던 반려동물의 죽음에 대한 기억이었다. 나 때문에 죽었을지도 모른다는 죄책감은 그 동물의 생전 모습을 떠올리는 것만으로도 나를 힘들게 했다. 자주 가던 나무 밑에 뼛가루를 묻어주고 온 날, 집에 있던 그 아이의 사진을 모두 치웠다. 다른 사람들에게도 그 죽음을 알리지 않았다. 마치 처음부터 이 세상에 존재하지 않았던 것처럼 흔적을 지웠다. 5년이 흐르고 나서야 그 아이에 대한 말이 내 입에서 나왔다. 친한 지인과 술 한잔을 하다가였다. 얼마나 예쁜 아이였는지 모른다는 말이 밖으로 흘러나왔다. 그 말을 하기까지 5년이 걸렸다. 내 입에서 나온 그 아이의 이름을 내 귀로 듣고서야 참았던 눈물이 쏟아졌다. 미안하다고, 엄마가 미안했다고 소리 내어 울었다.

슬픔이 지나가야 살 수 있다고 생각했었다. 버티다 보면 지나갈 것이라고 믿었다. 영원히 사라지기 바랐다. 하지만 내가 외면했던 슬픔은 그렇게 5년 동안 그 자리에서 나를 기다리고 있었다. 슬픔은 잊어야 하는 것이 아니라 살아내야 하는 것이었다.

똘똘이 엄마가 큰 슬픔 이후에도, 아니 그 슬픔과 살면서도 행복하길 빌었다. 그리고 나 자신에게도 말해주었다.

"슬픔과 함께 산다고 불행한 건 아니야. 슬픔을 살아내면서도 행복할 수 있어."

part. 2

지금,
우리가 사는 세상

해줄 수 있는 일

내가 살며 일하는 곳은 대도시와 멀리 떨어진 한적한 동네다. 동물병원에서 차를 타고 5분만 달려도 건물들이 사라지고 사방에 웅장한 규모의 산과 너른 논밭이 펼쳐진다. 이곳에는 어르신들이 많이 사신다. 그들의 자녀는 대도시에 살며 명절에 이곳, 부모님 댁에 온다. 그렇다. 여기는 손주들이 '할머니네'로 부르는 시골이다.

추석 명절을 쇠러 시골 할머니 댁에 내려온 가족들이 작은 포메라니안을 안고 병원에 왔다. 황금빛 풍성한 털, 뾰족한 입이 매력적인 강아지의 이름은 똘이였다. 아이가 귀를 많이 긁어서 데려왔다고 했다. 여자 보호자는 병원 안을 뛰어다니는 어린 두 아들을 신경 쓰느라 진료에 집중하기 어려워했다. 보호자의 얼굴에 피곤한 기색이 역력했다. 진료를 위해 기본 신체검사를 하는데 똘이가 많이 불안해 보였다. 청진을 하려고 손을 가슴 쪽에 가까이 대기만 해도 몸을 떨고 얼굴을 피하며 긴장했다. 겨우 달래며 검이경 카메라로 귓속을 살폈는데, 귓속에는 살아 움직이는 진드기가 가득했고 피가 나도록 긁어서 귓바퀴는 퉁퉁 부어 있었다. 귀 상태를 보니 감염된 지 꽤 오래된 것 같았다. 언제부터 이렇게 귀를 긁었는지를 물어보자 같이 안 살아서 잘 모르겠다는 답변이 돌아왔다.

이야기를 들어보니 서울의 아파트에 살고 있는 가족들은 2년 전 어린이날에 어린 아들에게 두 달 된 강아지를 선물했다. 펫숍에서 구입한 강아지였다. 하지만 강아지의 짖는 소리로 층간 소음 갈등이 심해지자 1년 동안 함께 살던 똘이를 이곳 친정엄마 집에 보냈다. 귀 진드기는 감염된 다른 강아지와의 접촉을 통해서만 감염된다. 친정엄마 집에서는 다른 강아지와의 접촉이 없었으니 똘이는 아마 출생하고 포유 중에 모체에서 귀 진드기에 감염되었을 가능성이 컸다. 펫숍에서 구입했으니 아마 개 농장에서 감염되었을 것이다. 태어나서 지금까지 진드기가 귀 안에 기어 다녔을 텐데 얼마나 간지러웠을까.

귀 청소를 하려고 귀를 만지면 똘이는 사납게 이빨을 드러내며 위협했다. 귀 쪽으로 손만 가도 숨이 가빠졌다. 똘이를 보니 조금 더 다가오면 누구라도 다 물어버리겠다는 표정이었다. 똘이의 반응도 이해가 되었다. 1년 동안 함께 살던 가족과 갑자기 떨어졌다. 익숙하던 아파트에서 마당으로 생활 공간이 옮겨진 것은 충격이었을 것이다. 보호자는 똘이에게 많이 미안해하고 있었다. 가족과 떨어져서 낯선 곳에서 살게 된 똘이가 힘들 것을 알고 있었지만, 본인도 아이들을 키우느라 도저히 버티기 어려웠다고 털어놓았다. 묻지 않았지만, 아파트에서의 생활이 눈에 그려졌다. 어린아이를 키우는 것도 버거운데 택배만 와도 날카롭게 짖는 똘이가 힘들었을 것이다. 층간 소음 때문에 위 아래층 집과 갈등이 있었을 것이다. 이런 생각도 들었다. 자녀가 동물을 이해하고 배려할 수 있는 나이가 될 때까지 반려견의 입양을 좀 유보했다면, 입양 전에 반려동물과 함께 사는 것에 대해 가족들과 진지하게 상의했다면 어땠을까? 2개월에 입양된 포메라니안도 누군가의 전폭적인 애정과 돌봄이 필요한 아기인데, 어린아이 둘과 함께 돌보는 것이 가능하다고 생각했다는 게 아쉬웠다. 어린 나이에 입양된 똘이가 그 집에서 많이 외롭지 않았을까. 내가 보아왔던 포메라니안들은 호기심이 많고 학습능력이 뛰어났기 때문에 준비된 가족들 곁에서는 잘 훈련되어 행복하게 지내는 아이들이 많았다. 섣부른 입양이 안타까웠다.

머릿속에 드는 여러 생각을 털어버리고 눈앞의 진료에

집중해야 했다. 똘이는 귓병을 치료하러 온 아이이다. 보호자에게 진드기 감염 사실을 알리고, 치료 방법을 설명했다. 2주 후에 호전되었는지를 살피러 다시 병원에 오시기를 권했다. 보호자는 난색을 보였다. 이튿날 가족들과 함께 다시 서울로 올라가야 한다는 것이었다. 대신 친정엄마에게 꼭 똘이를 데려오게 하겠다고 말하며 떠났다.

2주 후, 똘이는 할머니 손에 안겨 다시 병원을 찾았다. 진료실로 들어오시는 할머니의 허리가 많이 굽어 있었다. 똘이를 안고 한 걸음 내딛는 것도 힘들어 보였다. 똘이의 표정은 예전과 많이 달라 보였다. 가까이 가기만 해도 짖던 녀석이 아무 반응 없이 내 손에 자기 몸을 맡겼다. 검이경 카메라로 본 똘이의 귀는 많이 좋아져 있었다. 부기도 빠지고 살아 있는 진드기도 보이지 않았다. 치료가 잘 되고 있었다. 할머니는 한숨을 쉬셨다. 명절에 가족들이 똘이와 이틀을 보내고 돌아간 이후로 통 밥을 안 먹는다는 것이었다. 딸 가족이 오기 전에는 마당에서 참새를 보면 뛰어다니고 담벼락 위 고양이를 보면 으르렁대던 아이가 가족들이 다녀간 이후로는 참새가 와도, 고양이가 와도 반응 없이 먼

산만 바라본다고. 체중을 재보니 2주 전보다 500그램이나 빠져 있었다. 귀는 좋아졌지만 그보다 큰 병이 생긴 것이다. 우울증이었다. 몇 달 만에 온 가족이 반갑고 그 시간이 즐거웠지만, 그들이 다시 사라진 상황을 똘이는 받아들이지 못하고 있었다. 누구라도 그렇지 않을까. 희망 없는 기다림을 지속하는 일이 무기력함을 불러왔을 것이다. 밥을 먹지 않는 똘이의 마음이 내 마음같이 이해되었다.

귓병 때문에 병원에 왔던 똘이. 나는 이제 귓병이 많이 좋아진 똘이의 무엇을 치료할 수 있을까? 녀석은 아마 가족들이 돌아오기를 기다리고 있을 것이다. 내가 해줄 수 있는 것이 많지 않다. 항우울제를 처방하고 똘이가 가장 좋아했던 간식 몇 가지를 알려드렸다. 그리고 새로운 자극원에 똘이가 반응을 보이도록 정기적인 산책을 권했다. 하지만 할머니는 산책을 권하는 나에게 손사래를 치셨다. 할머니 본인 걷기도 어려운데, 산책은 도저히 못 시키겠다고.

허리가 굽은 할머니는 무릎을 펴서 한 걸음 떼기도 쉽지 않아 보였다. 정기적인 산책을 권한 내가 민망했다. 할머니는 데리고 왔을 때처럼 똘이를 담요로 정성스럽게 싸 안고 병원 밖으로 나가셨다. 똘이는 저항하지 않고 조용하게 할머니의 손길에 자신을 맡겼다. 할머니는 할 수 있는 만큼 사랑을 주고 계셨다.

똘이는 앞으로 어떻게 살아가게 될까? 대도시 가족들은 1년에 두세 번 와서 똘이를 사랑해줄 것이고, 똘이는 그때마다 우울증에 빠질지도 모른다. 산책은 못 시키지만 할머니는 자신의 방식으로 똘이를 사랑해줄 것이다. 똘이가 행복했으면 좋겠다는 마음은 진심인데 내가 해줄 수 있는 일이 많지 않았다.

펫숍의 투명창

3, 4개월 된 불도그가 병원에 왔다. 숨소리가 거친 작은 불도그는 처치대 위에서 얼굴을 바닥에 비비려고 몸을 비틀었다. 귀가 시뻘겋게 퉁퉁 부어서 피고름이 귓바퀴를 타고 턱까지 흘러 있었다. 왜 이런지를 물었더니 열흘 전에 단이斷耳 수술을 했고 오늘은 봉합사를 풀기 위해 병원에 온 것이라 했다. 귀를 자르는 수술, 정확히는 귓바퀴 일부를 자르는 수술이다. 개의 단이 수술은 사람이 원하는 모습대로 귀 모양을 바꾸기 위해 하는 미용 목적이 대부분이다. 우리가 알고 있는 도베르만의 쫑긋 서 있는 귀도 귓바퀴를 잘라 붙이는 단이 수술을 한 결과이다. 사냥개인 도베르만을 더 용맹하게 보이도록 만들고 싶은 사람의 마음이 반영된 것이다.

퉁퉁 부어 있는 피부를 조금이라도 건드리려고 하면 불도그는 자지러지게 소리를 질렀다. 국소마취한 후 간호사 선생님들과 달라붙어서 겨우 붙잡고 세척했다. 퉁퉁 부은 피부 밑으로 두꺼운 하얀 매듭 하나가 언뜻 보였다. 보통 피부를 봉합할 때 쓰는 나일론사가 아니었다. 수술 부위 염증이 심하니 수술한 곳에 연락해보기를 권했다.

잠깐 망설이던 그는 사실 본인이 수술했고, 봉합은 솜이불을 꿰매는 바늘과 명주실로 했다고 털어놓았다. 단이를 해서 보내는 조건으로 분양을 약속하고 계약금도 받아놓은 상태였다. 수술은 다른 불도그 농장주가 알려준 대로 했다고 말했다. 알코올로 가위를 닦고 라이터로 가위 날을 달군 후에 귓바퀴를 잘랐다고 한다. 마취는 어떻게 했는지를 물었다. 다른 개 농장 사장에게 조언을 들었는데 2개월 된 강아지는 통증을 못 느껴서 마취를 안 해도 된다고 들었다고 말했다.

일반적으로 강아지가 동물병원에 첫 접종을 하러 오는 때가 2개월쯤이다. 아이들이 통증을 못 느낀다니, 거짓말이다. 백신을 위한 작은 바늘이 피부를 살짝 뚫는 것도 아프다고 소리 지르고 발버둥을 친다. 통증에 대한 자연스러운 반응이고 생존을 위해 타고난 감각이다. 이런 강아지들의 귀를 마취도 없이 가위로 싹둑 잘라버렸으니, 그 통증이 어마어마했을 것이다. 상황을 알고 나니 손이 떨릴 정도로 분노가 치밀어 올랐다.

하지만 지금 화를 내며 보낼 시간은 없다. 이 아이의 미칠듯한 통증을 빨리 없애주어야만 했다. 국소마취만으로는 명주실을 완전히 제거하기가 힘들었다. 극심한 통증에 몸부림치는 녀석이 다치지 않도록 전신마취를 하고 자세히 상태를 살폈다. 촘촘하고 단단하게 묶인 매듭들이 모두 피부 안으로 깊게 파고들어 있었다. 먼지와 털, 피가 엉겨 붙은 딱지를 제거하니 피고름이 줄줄 흘러나왔다. 감염이 심했다.

한 시간 이상의 긴 수술이 되어버렸다. 피부를 파고든 매듭을 제거할 때마다 피부 조직이 뚝뚝 떨어지고 출혈도 상당했기 때문이다. 수술을 마치고 퉁퉁 부은 귓바퀴를 소독한 후 귀를 포함한 얼굴을 붕대로 돌돌 감았다. 명주실 매듭이 더 이상 녀석의 귀에 남아 있지 않다고 생각하니 마음이 한결 가벼웠다. 수술방을 나와서 보호자를 만났다. 그는 쑥스러운 표정으로 말했다. 최근에 부업으로 불도그 생산업을 시작했고 처음 새끼를 받았다는 것이었다. 다른 개 농장주들도 명주실로 단이를 하고 판매한다길래 자기도 그랬다고 했다. 그의 얼굴에 억울함이 잠깐 스쳤다. 마취에서 깬 불도그는 머리에 붕대를 감고서도 남자의 손과 얼굴을 핥아주었다.

최소 비용으로 최대 이윤을 창출해야 하는 펫 산업의 상품으로 유통되는 동물들은 가장 열악한 환경에 노출된다. 병원비를 아끼기 위해 비위생적인 환경에서 농장주가 직접 수술하고, 귀가 쫑긋 선 모양이 더 보기 좋다는 고객의 취향에 맞춰 어린 불도그는 귀가 잘린다.

펫숍의 투명창에 전시되는 동물들은 대부분 이런 개 농장에서 태어나 판매되는 상품이다. 누구라도 자신이 입양하고 함께 살 작은 강아지가 개 농장에서 겪어야 했던 일을 알게 된다면 펫숍에서 동물을 구입하지 못할 것이다. 가벼운 마음으로 숍에서 예쁜 강아지, 고양이 한 마리를 사는 건 열악한 농장에서 살아가야 할 또 한 마리의 동물을 만들어내는 일이기 때문이다.

어린 불도그의 귓바퀴 상처는 잘 아물었을까. 좋은 사람에게 입양이 되었을까. 분명 좋은 가족을 만나 행복하게 지내고 있을 것이다. 아니, 그렇게 믿으려고 한동안 애썼다. 그 믿음조차 없다면 그 어린 강아지가 겪었던 끔찍한 고통에 대한 생각이 마음에서 도무지 해결되지 않았기 때문이다.

사람인 나는 아주 작은 존재였다

수의대 3학년 여름방학이었다. 야생동물구조센터 입원장 안에서 후투티라는 새를 처음 보았다. 길고 가는 검은색 부리는 활처럼 휘어져 정면을 향하고 있었고 머리에는 긴 우관(새의 머리에 길게 난 깃털)이 우뚝 서 있었다. 분홍빛이 도는 황토색 깃이 몸통을 덮고 있었고, 날개에 진한 갈색 무늬가 뚜렷했다. 쿵쿵. 쿵쿵. 심장이 빨리 뛰었다. 그 새는 너무 아름다웠다. 공강이 생기면 나는 후투티를 보러 센터 입원장을 자주 찾았다.

후투티는 왼쪽 날개가 꺾인 상태로 발견되어 구조되었다. 날개가 부러져 꺾인 채로 자연 유합된 상태였기에 날 수 없었다. 야생에서 살아가기 어려운 상태였다. 그러니 사람에게 좀 익숙해지면 좋을 텐데 후투티는 사람을 두려워했다. 사람이 가까이 가면 날개를 푸드덕거리면서 입원장 곳곳에 몸을 세게 부딪혔다. 천적에게 느끼는 날것의 공포를 매일 생생하게 느끼고 있는 것 같았다. 깃이 벽에 부딪혀 많이 상했고 후투티의 외관도 처참해졌다. 입원장 바닥에는 꺾이고 부러진 후투티의 깃 조각들이 보였다. 먹이에도 관심을 보이지 않고 점점 야위어갔다. 이 상태라면 입원장 안에서 생을 마감할 것 같아서 불안했다.

후투티 옆에는 너구리, 고라니도 입원 중이었다. 낯선 동물의 냄새와 울음소리, 오가는 사람들 때문에 후투티가 더 예민해진 것 같았다. 그때는 7월이었고 여름철에는 야생동물구조센터가 가장 바빠진다. 구조되는 동물도 많고 처치할 일손도 부족하다. 내 자취방이 녀석을 돌보는 더 좋은 환경이 될 수도 있을 것 같았다. 후투티의 회복을 더 집중해서 돕고 싶었다. 담당 수의사 선생님께 후투티를 집으로 데려가서 돌봐도 될지 상의했다. 선생님은 야생동물을 집에서 돌보는 것에 대해 우려했지만 임시로 후투티를 데려가서 돌보는 것을 허락했다.

당시 나는 작은 앵무새와 함께 살고 있었다. 공사 현장에서 발견되어 구조된 왕관 앵무새였는데, 발견 당시부터 사람을 잘 따랐다. 처음 보는 사람에게도 날아가 어깨에 앉아 말을 걸었다. 나는 그 앵무새를 자취방으로 데려왔고 파닥이라는 이름을 붙여주었다. 학교에서 돌아오면 횃대에서 자고 있다가도 "삑! 삑!" 소리를 내며 날개를 펴고 바닥을 빙빙 돌았다. 집에 들어올 때마다 매일 펼쳐지는 파닥이의 환영식을 볼 때마다 순수한 기쁨을 느꼈다.

센터 입원장에 있던 후투티를 집으로 데려오고 싶었던

이유는 아마 이 때문이었던 것 같다. 파닥이와 함께 살면서 새를 좋아하게 되었고 새와 함께 있는 시간이 좋아졌다. 새와의 소통은 놀랍도록 즐거웠다. 후투티에게 좋은 환경을 만들어주면 건강이 회복될 수도 있을 거라는 욕심이 났다. 그리고 나의 진심이 전달된다면 후투티도 내게 마음을 열 것이라고 기대했다. 하지만 파닥이는 반려조로 길든 새였고, 후투티는 뼛속까지 야생에 속한 새였다. 그것을 깨닫기까지는 꽤 긴 시간이 걸렸다.

큰 방에 있던 침대를 작은 방으로 옮기고 큰 방을 후투티 방으로 꾸몄다. 후투티가 쉴 수 있도록 높이가 다른 횃대를 세 개 설치하고, 횃대와 연결되는 큰 돌들을 놓아두었다. 방문을 열고 들어가면 후투티는 화들짝 놀라 꺾인 한쪽 날개를 푸드덕거리며 이리저리 뛰어다녔다. 고심 끝에 방에 들어가지 않아도 후투티의 상태를 살필 수 있도록 방 안에 CCTV를 설치했다. 직접 먹이를 가져가면 날개를 푸드덕거리면서 도망갔지만, 문을 닫고 나가면 두고 간 먹이를 먹는 모습을 휴대전화 화면으로 확인했다. 입원장 벽에 날개를 부딪칠 일이 없기에 녀석의 깃이 꺾이지 않고 분변으로 오염되지도 않는다는 것이 기뻤다. 부러지고 빠졌던 머리 위의 깃이 새로 나서 아름다운 우관의 패턴도 조금씩 완성되는 것 같았다. 고맙게도 녀석은 내가 만들어준 횃대 위를 걸어 다니기도 했고 그 위에서 잠도 잤다. 내가 주는 먹이를 먹고 예쁜 모양의 똥을 싸는 것을 보면서 행복했다.

새 식구 후투티에게는 티티라는 이름을 지어주었다. 며칠이 지나고 일부러 방문을 조금 열어 놓아보았다. 티티는 방 문틈으로 머리를 내밀고 좌우, 아래위를 두리번거렸다. 모르는 척하고 하던 일을 계속했다. 녀석은 부엌까지 걸어와 라면을 끓이고 있는 내 발 사이를 걸어 다녔다. 모른 척 책을 보면 소파 밑에서 내 발 사이를 빠르게 걸어가기도 했다. 하지만 티티와 나의 거리는 그 이상으로 좁혀지지 않았다. 시간이 지나도 내가 방 안으로 들어가면 티티는 바위 뒤에 숨기 바빴다.

티티가 집에 온 지 한 달 반이 지날 무렵, 먹는 양이 서서히 줄어들었다. 그동안 나는 티티에게 동결 건조된 딱정벌레 유충(밀웜*mealworm*)과 견과류, 씨앗을 주고 있었다. 먹는 양이 줄어든 티티에게 자연에서 먹었을 먹이와 비슷한 상태의 먹이를 주고 싶었다. 야생동물구조센터에서 배웠던 대로 딱정벌레 유충을 키우기 시작했다. 잠을 자던 작은 방 한켠에 상자 두 개를 놓고 밀웜이 자라기 좋은 환경으로 만들어주었다. 그렇게 키운 밀웜을 티티에게 주었다. 티티는 확실히 동결 건조 애벌레보다 살아 있는 애벌레를 더 잘 먹었다. 애벌레가 자라 성충이 된 딱정벌레도 잘 먹었고, 움직이는 딱정벌레를 집중하여 바라보다가 바위 뒤로 사라진 벌레를 잡기 위해 걸어가는 모습도 보였다. 일어나자마자 CCTV로 티티의 방을 살펴보는 나도 그와의 일상에 익숙해지고 있었다.

잘 기억나지 않는다. 언제부터 티티의 몸에서 생명이 빠져나가고 있었고 왜 내가 그것을 미리 알아채지 못했는지. 기억을 되돌리려 해도 티티가 떠나기 전 마지막 며칠이 잘 떠오르지 않는다. 그날은 늦가을 무렵이었던 것 같다. 집으로 돌아오는 길에 손이 시렸던 기억이 나니까. 여름 철새인 후투티가 따뜻한 남쪽으로 날아가는 계절이었다. 난방에 신경을 써야겠다고 생각하며 집의 문을 열었다. 티티의 방문을 열었는데 좀 이상했다. 작은 새가 바닥에 가만히 서 있었다. 평소 티티는 쉬거나 잘 때 늘 횃대에 앉아 있었다.

바닥에 정지 상태로 서 있는 모습을 처음 보았다.

놀라서 펄쩍 뛰어 티티에게 뛰어갔다. 평소 같으면 날개를 퍼덕거리며 도망갔을 티티가 움직이지 않았다. 가까이서 보니 눈이 거의 감긴 상태였다. 늘 좌우를 살피기 위해 바쁘게 반짝거렸던 검은 눈동자는 눈꺼풀에 가려 거의 보이지 않았다.

'아니야. 티티. 아직은 안 돼. 지금은 아니야. 이제까지 잘 해왔잖아.'

티티의 몸이 조금씩 흔들거리고 있었다. 금방 쓰러질 듯 위태로운 티티의 옆으로 손을 내밀었다. 티티는 내 손바닥 안으로 툭 떨어졌다. 눈에 눈물이 고였다. 집에 데려온 이후 티티를 처음 만져보는 것이었다. 짧은 깃털로 덮인 부드럽고 동그란 배는 따뜻했다. 마지막 숨을 쉬고 생명이 빠져나간 티티의 몸은 마른 나뭇가지처럼 가벼웠다. 티티를 천천히 들어 올려보았다. 깃털에서 마른 낙엽처럼 바스락거리는 소리가 들리는 것 같았다. 그때 티티가 정말 떠났다는 것을 알았다.

울음이 터져 나왔다. 처음엔 끅끅 작은 소리를 내며 울음을 참아보려 했지만 결국 엉엉 소리를 내며 대성통곡했다. 몇 시간 동안 울었는지, 목이 아프고 눈이 따가웠지만 눈물이 계속 흘러나왔다. 나는 침대 위에서 몸을 동그랗게 말고 누워 흐르는 눈물을 내버려 두었다. 잠이 들었던 것 같다. 눈을 뜨니 창밖으로 푸르스름한 여명이 보였다. 티티가 자주 있던 곳으로 걸어가니 횃대 밑에 길고 날렵한 깃 하나가 떨어져 있었다. 짙은 갈색과 흰색 무늬가 흩어진 깃이었다. 부드러운 결을 따라 손가락으로 깃을 매만졌다. 더는 눈물이 나지 않았다.

후투티는 인간이 아닌 자연에 속한 생명체였다. 인간이 만든 건물 속에서 살지 않고 하늘에서 바람을 가르며 살아간다. 나무 사이를 날아다니고 덤불 사이에서 긴 부리로 땅을 파서 먹이를 찾는다. 나무 구멍 안에 알을 낳고 뜨거운 여름 천적의 위험을 피해 새끼를 키워낸다. 그렇게 살아왔고 앞으로도 그럴 것이다. 계절이 바뀌면 따뜻한 남쪽으로 바다를 건너 긴 비행을 할 것이다. 후투티를 내 자취방 안에서 길들일 수 있을 것이라는 생각은 오만이었다. 사람인 나는 이 세계에서 아주 작은 존재였다.

티티와의 기억을 떠올렸다. 큰 소리가 들렸을 때 빠르게 올라가던 우관, 인공 잔디 사이의 딱정벌레를 응시하다가 한 번에 잡아채던 민첩한 긴 부리, 빠진 깃들이 반짝이는 새 깃들로 교체된 매끈한 꽁지깃, 횃대에서 기지개 켤 때 펼쳐지는 큰 날개…, 모두 티티가 아니었다면 몰랐을 것들이다. 인간인 내가 알 수도 없고 설명할 수도 없는 그저 감탄할 수밖에 없는 아름다움이었다. 우주의 신비를 엿보게 해준 작은 새에게 고마움을 전하며 그렇게 나는 티티와 작별했다.

그 병원 잘되나 봅시다

간호사 선생님이 난감한 얼굴로 수화기를 건네주었다. 이틀 전에 병원에 왔던 보리라는 강아지에 관한 전화였다. 용건을 물어도 무조건 여기 책임자와 통화해야 한다고 우긴다고 했다. 나는 수화기를 받아 들었다.

"얼마 전에 왔던 보리라고 있을 겁니다."

차트를 열어보니 2일 전에 보리라는 강아지가 접종하러 왔던 기록이 있었다.

"보리 보호자 분이신가요?"
"아뇨. 펫숍입니다."
"어떤 일 때문에 그러시는지요?"
"거기서 보리에 대해 뭐라고 말했어요?"

목소리만으로 알 수 있었다. 수화기 너머 상대방이 매우 화가 나 있다는 것을. 이틀 전에 왔던 보리는 체중이 700그램인 작은 치와와였다. 몇 년 전 예능 프로그램에 한 출연자가 키우는 장모 치와와가 나왔고, 그 후 장모 치와와를 키우는 사람들이 많이 늘어났다. 보리는 텔레비전에 나왔던 강아지처럼 길고 부드러운 갈색 털과 흰 털이 섞인 모습이었다. 2차 예방접종을 하기 위해 병원에 처음 왔기 때문에 더욱 꼼꼼히 신체검사를 했다. 동물을 입양한 지 얼마 되지 않았다면 보호자가 동물에 대해 잘 모르고 있을 확률이 높기 때문이다. 검사 중에 보리의 배 쪽 피부가 불룩 튀어나온 것이 만져졌다. 배꼽탈장이었다. 보통 출생 후 모체와 연결되어 있던 탯줄이 자연 탈락하고 복부 근육이 완전하게 닫히면서 그 흔적으로 배꼽이 생긴다. 어린 강아지의 배꼽탈장은 복부 근육이 완전히 닫히지 않아서 그 틈새로 장이나 장을 둘러싼 지방이 튀어나오는 것을 말한다. 증상이 있다면 빠른 수술을 해야겠지만, 보리는 잘 먹고 잘 싸며 활력도 아주 좋은 상태였다. 특별한 증상이 없으면 나중에 중성화 수술을 하며 전신마취할 때 같이 탈장 수술을 하자고 말했다. 만약 탈장 부위가 커지거나 통증이 있으면 그전에라도 수술해야 한다는 언급을 했다. 드물지만 탈장이 심해지면 소화기 증상도 생기고 위험해질 수도 있기 때문이다. 이후 간단한 주의사항만 안내하고 2차 예방접종을 마쳤다.

"탈장이 있다는 말은 왜 했어요?"

"탈장이 있어서 말씀을 드렸습니다."

"배꼽탈장 그거, 굳이 말 안 해도 되는 거 아닙니까? 지금 그 병원 때문에 강아지 환불하겠다고 합니다. 어떻게 책임질 건데요?"

아. 이제 머릿속에서 상황이 정확히 정리되었다. 펫숍은 항의 전화를 하고 있었다. 강아지가 탈장이 있다는 이야기를 동물병원에서 들은 구매자가 환불을 요구한 것이다. 나는 침착하게 말했다. 동물들을 검사하고 검사한 내용을 알리는 게 병원에서 할 일이라고. 배꼽탈장으로 위험해지는 경우를 설명하고 대비하게 하는 것이 중요하며, 그것이 동물들이 병원에 오는 이유라고 덧붙였다. 하지만 펫숍은 물러서지 않았다.

"아 참, 답답하시네. 요즘 경기도 안 좋은데 펫숍이랑 동물병원이랑 서로 돕는 게 나쁩니까? 판매하고 내가 그 병원으로 데려가서 진료받으라고 추천해주면 병원에도 좋잖아요."

다시 한번 숨을 고르고 말했다. 경기가 좋든 나쁘든 병원에서 환자에 대해 거짓말할 수는 없다고. 앞으로 이런 전화는 하지 말라고 하며 전화를 끊으려 하는데 큰 소리가 수화기에서 들려왔다.

"잠깐만요! 언제 내가 거짓말하라고 했나? 탈장이 있는 개한테 탈장이 없다고 하면 거짓말이지만 탈장이 있다는 말 자체를 안 하는 건 거짓말이 아니지. 아예 탈장 이야기를 안 하면 되잖아요, 요령 있게!"

무슨 말장난이란 말인가? 탈장이라는 단어만 안 쓰면 거짓말이 아니라는 궤변이었다. 내 인내심에도 한계가 왔다. 마음에 있던 이야기를 나도 상대에서 쏟아부었다. 동물 팔아서 돈 버는데 그 동물들한테 최소한의 고마움은 있냐고 물었다. 돈 벌어주는 동물들에게 최소한의 복지와 건강은 보장해주고 있냐고 소리치니 수화기 건너편이 조용했다. 잠깐의 침묵이 흘렀다가 다시 목소리가 들렸다.

"시골에서 그렇게 병원 해서는 오래가기 힘들 텐데, 어디 한번 그 병원 앞으로 잘되나 봅시다."

그렇게 상대는 전화를 먼저 끊어버렸다. 벌써 오래된 일이다. 그 펫숍은 아직도 성업 중이고, 나도 탈장이 있는 개는 탈장이 있다고 말하면서 살고 있다. 어디 한번 잘되는지 보자던 우리 병원도 나름 건재하다. 사실 내내 마음에 걸린 것은 반품되어 펫숍으로 돌아간 보리였다. 새로운 집에 입양되었다가 이틀 만에 다시 파양되었을 아이. 탈장에 대해서 말했던 것을 후회하지는 않았지만, 보리를 생각하면 미안한 마음이 든다.

이런 일을 겪고 나니 달라진 것이 하나 있다. 펫숍에서 온 어린 강아지를 검사할 때 배꼽탈장이 발견되면 보호자에게 탈장의 위험성을 고지하면서, 당장 생명에 지장이 있는 질환은 아닐 수 있음을 꼭 말한다. 혹시 또 강아지를 반품할까 봐 걱정되었기 때문이다. 동물이 상품으로 유통된다는 것은 환불, 교환, 반품의 대상이 된다는 걸 의미한다. 반려동물이라는 말을 누구나 사용하는 지금이지만 동물들은 여전히 상품의 자리에 머물러 있다. 반려라는 이름을 붙인 가족 구성원으로 불리고 있는 한편에서는 폐기처분이 가능한 상품으로 유통된다. 그 사이의 간격 차이가 너무 커서 자주 현기증이 난다.

반품되는 동물들

송장 번호 스티커가 붙어 있는 택배 상자에 담긴 채로 한 고양이가 병원에 왔다. 소위 품종묘, 하얀 털의 터키시 앙고라였다. 상자 안에서 설사를 했는지 곳곳에 무른 변이 있었고, 악취가 났다. 흰 털에도 변이 묻어 있었고, 항문 근처 털은 아예 변과 함께 뭉쳐 있었다. 보호자 말을 들어보니, 방금 고속버스 택배로 고양이를 받아서 병원으로 오는 길이라고 했다.

"고속버스 택배라고요?"

나는 놀라서 되물었다. 판매 업체가 고속버스는 당일 배송이 된다고, 배송 중 폐사하면 환불해주겠다고 약속했다는 말도 덧붙였다. 700그램 정도 되는 작은 고양이가 작은 목소리로 야옹거리면서 상자 밖으로 나오려고 발톱을 세웠다. '하악' 하고 위협하기 위해 입을 벌리면서도 거의 소리를 내지 못했다. 탈수가 심하고 전신 컨디션이 안 좋아 보였다.

이런 고양이를 고속버스 화물칸에 넣었다고 생각하니 아찔했다. 소음과 진동, 낯선 냄새는 공포였을 것이고 다른 택배 상자와 부딪치는 충격도 온몸으로 받아야 했을 것이다. 화가 났다. 보호자는 나와 다른 이유로 화가 나 있었다. 온라인으로 상태가 좋은 고양이를 보내준다고 했는데, 택배를 받아보니 설사가 심해서 병원으로 데려왔다는 것이다. 건강하다고 해서 주문했는데, 설사가 심한 것을 보니 사기당한 것 같다고 화를 내고 있었다.

분변으로 키트 검사를 해보니, 고양이는 범백혈구감소증에 감염되어 있었다. 어린 고양이에게 감염되었을 때 치명적인 질병이었다. 키트 검사 결과를 보호자에게 알리는 것이 두려웠다. 일주일 전 왔던 보리가 떠올랐기 때문이다. 배꼽탈장이었던 보리를 반품한 것처럼 이 고양이도 반품할까 봐 두려웠다. 진단 결과를 알리면서도 고양이를 포기하지 않도록 설득하고 싶었다. 조심스럽게 진단명을 말했다. 보호자의 얼굴은 더욱 어두워졌다.

“심각한 거예요? 죽을 수도 있나요?”

“쉽게 낫지 않을 수도 있어요. 하지만 이 질병에 걸렸다고 해서 다 죽는 건 아니에요. 입원시키면서 필요한 처치를 하면 나아서 퇴원할 수도 있고요.”

보호자는 진료실 밖으로 나가 전화를 걸었다. 예상했던 반응이었다. 온라인으로 주문한 펫숍에 전화했을 것이다. 한참 통화를 하던 보호자는 안으로 들어와서 말했다.

"고양이 데려갈게요."

"어떻게 하시기로 했어요?"

"상태 좋은 애로 바꿔준대요."

반품되는 상황만은 막고 싶었다. 이미 아픈 상태에서 고속버스 화물칸에서 몇 시간을 타고 온 고양이였다. 이 고양이가 다시 고속버스 택배로 반품될 경우, 살 수 있을지 장담할 수 없다고 말했다. 보호자가 난감한 표정을 지었다. 망설이는 듯하다가 말을 했다.

"그러다가 정들면 어떡해요. 정들기 전에 보내고 새로 받는 게 낫죠. 얘는 거기로 다시 반품하면 연계병원에서 치료해준대요."

연계병원이라는 곳은 믿을만한 곳이 아닌 경우가 대부

분이다. 펫숍의 수익과 연계된 병원이기에, 펫숍에서 건강하지 않은 동물을 분양해도 그 잘못을 눈감아주고 변명거리를 만들어주는 곳이 소위 연계병원인 경우가 많다. 실제로 연계된 병원이 없는데도, 연계병원으로 데려간다고 하고 펫숍에서 임의로 자가 치료를 하고 방치해 사망하는 경우도 많다. 결국 그는 고양이를 치료하지 않고 데려갔다. 작은 흰 고양이는 처음 왔던 그 택배 상자에 담겨서 병원을 나갔다.

동물병원에서 오래 일을 하다 보면 시기에 따라 유행하는 특정 종이 있다는 것을 알게 된다. 내가 좋아하는 연예인이 키우는 견종이어서, 털이 덜 빠진다고 해서, 외모가 이국적이어서 등등의 이유로 인기 종이 생긴다. 인기 종은 높은 분양가에도 잘 팔린다. 유행이 바뀌기 전에 인기 종을 많이 생산하는 방법은 한 가지이다. 생명은 기계로 찍어낼 수 없기 때문에 개 농장에서 어미 동물들에게 임신, 출산을 반복시킨다. 더는 임신이 어려울 정도로 몸이 망가질 때까지 말이다. 극도의 스트레스를 받은 모체에서 태어나 더러운 환경에서 자란 새끼들은 엄마 젖도 다 떼지 않은 상태에서 펫숍의 투명창에서 전시된다.

이런 어린 동물들은 면역력이 약해 이후에도 질병에 쉽게 걸린다. 어린 시절 보살핌을 충분히 받지 못했기에 이후에 입양되어서도 행동학적 문제를 일으키기도 한다. 이런 모든 문제는 펫숍에서 동물을 구입한 사람이 고스란히 감당해야 할 몫이 된다. 약한 면역력으로 질병에 쉽게 걸리기 때문에 의료비 부담이 커진다. 또한 쉽게 샀기 때문에 동물이 마음에 들지 않을 때 쉽게 유기하게 되는 악순환으로 반복된다. 평생을 함께할 반려동물을 만나고 싶다면 펫숍이 아닌 가까운 유기동물구조센터에서 인연을 만드는 것을 권하는 이유이다. 우리가 반려동물이라는 말을 사용하는 것은 함께 사는 동물을 세상에 하나뿐인 특별한 존재, 무엇으로도 대체할 수 없는 존재로 받아들인다는 것이니까.

이 새와 함께 산다면 어떨까

나는 앵무새와 함께 살고 있다. 우리가 처음 만난 곳은 수의대 여름방학 실습을 했던 동물병원이었다. 수의사 선생님이 병원 오리엔테이션을 하면서 병원 가장 안쪽에 사고로 한쪽 날개를 잃은 앵무새가 있다고 했다. 한쪽 날개가 골절된 상태로 구조되어 왔고, 여러 차례의 수술을 겪으면서 예민해지고 사람을 경계하게 되었다고. 그 앵무새를 만나보고 싶었다. 하지만 앵무새가 있다는 입원장에 매일 찾아가도 그 안은 항상 텅 비어 있었다.

담당 선생님께 앵무새가 어디 있냐고 물어보니 입원장 위로 뚫려 있는 작은 공간에 숨어 있을 거라고 했다. 좀 익숙해지면 얼굴을 보여줄 거라는 말도 덧붙였다. 얼굴을 보여줄 때까지 기다려보기로 했다. 점심시간에 밥을 먹고 쉬는 시간이 생기면 나는 그 입원장 옆에 엉덩이를 붙이고서 휴대전화를 보며 쉬었다.

일주일이 지나자 입원장 천장에서 하얗고 동그란 새의 머리가 갑자기 나타났다. 천장에 매달린 상태여서 얼굴만 빼꼼히 보였다. 기뻐서 크게 소리 지를 뻔했지만, 어렵게 만난 녀석을 놀라게 할 순 없었다. 놀라지 않은 척 애쓰며 조용히 눈만 마주치고 앉아 있었다. 회색 부리는 고집스럽게 다물어져 있었고 꼿꼿이 세운 머리 위의 기다란 깃에서는 강렬한 주황빛이 눈부셨다. 코카투(유황앵무)였다. 불꽃이 튀는 짙은 갈색 눈에는 적의와 호기심이 뒤섞여 있었다. 날개 잃은 앵무새라는 이야기를 듣고 가졌던 어렴풋한 연민은 첫 만남에서 눈 녹듯이 사라졌다. 연민 대신 아름다운 생명체에 대한 사랑이 싹텄다. 집에 가면 보고 싶고, 만나기 전에는 설레고, 만나면 헤어지기 싫은 그런 감정이 찾아왔다.

그날 이후 실습 중 여유 시간이 생기면 입원장으로 가서 새의 안부를 살피고 눈인사를 나누었다. 더 이상 녀석은 천장 위로 숨지 않았다. 대신 입원장 케이지 안에서 횃대를 단단히 잡고 나를 조용히 바라보았다. 나를 관찰하는 시선이 느껴지면 기쁨이 마음속에서 꿈틀댔다. 앵무새와 나는 조금씩 가까워지고 있었다.

어느 날 입원장 앞을 지나가는데 낯선 목소리가 들렸다. 실습 중이어서 새장에 가까이 가지는 못하고 눈인사만 하는 나를 부르는 목소리였다. 태어나서 처음 들어보는 장난기 가득하고 비음이 섞인 새의 목소리였다. 사람의 말로 바꾸어 적을 수 없는 소리였지만, 지나가는 나를 보고 반가워하고 있다는 걸 느꼈다. 사람의 말로 통역을 한다면 "야! 어디가? 나 여깄어!" 정도가 될까? 목소리를 들은 날 오후에는 업무에 집중하지 못할 정도로 설레었다. 업무 중에도 슬며시 웃음이 났고 콧노래가 흘러나왔다.

이때까지도 새와의 직접적인 스킨십은 한 번도 해보지 못했다. 수의대 동아리에서 몇 번 봤던 앵무새들은 싫어하는 것을 억지로 할 수 없는 동물이었다. 억지로 만지거나 어깨에 올리려고 하는 사람들은 손가락을 물리거나 머리카락을 뜯겼다. 싫어하는 것을 하게 하면 고막이 찢어지게 소리 질러 주변을 놀라게 했다. 병원의 간호사 선생님이 한 경고도 생각났다. 수술하고 소독하고 붕대 감는 과정에서 여러 사람이 물렸었고 크게 다치기도 했다고, 항상 조심하라고 했다. 그래서 입원장 옆에 자주 가서 시간을 보내긴 했지만 먼저 만지려고 하지는 않았다. 애써 가까워지고 있는데, 마음이 앞서서 녀석을 실망시키고 싶지 않았다. 나에게 먼저 다가올 때까지 기다릴 작정이었다. 그냥 바라보는 것도 행복했기 때문에 얼마든지 기다릴 수 있었다.

입원장 옆에 앉아서 관찰해보니 앵무새는 부리로 깃을 정리하고, 한쪽 날개와 반대편 다리를 쭉 뻗어 스트레칭도 했다. 내가 옆에 있어도 전혀 경계하지 않는 것을 보니 나와 꽤 가까워진 것 같기는 했다. 하지만 녀석은 입원장 밖으로는 한 번도 나오지 않았다. 내가 한발 다가가면 녀석은 한발 물러섰고, 입원장 코앞까지 가면 녀석은 위쪽 공간으로 숨어서 사라져버렸다. 물론 기다림은 그리 오래 걸리지 않았다.

평소와 다르지 않은 날이었다. 케이지 앞에 앉아서 휴대전화를 보고 있었고 앵무새는 깃을 고르고 있었다. 이상한 기분이 들어 고개를 들어보니 녀석이 발가락으로 케이지를 잡고 머리와 몸통을 반쯤 밖으로 꺼내 나를 바라보고 있었다. 정확히는 내 휴대전화를 보려고 애쓰고 있었다. 그리고 특유의 비음으로 다정하게 말했다. "까꿍?" 사람의 말로 번역하자면 "뭐를 그렇게 재밌게 봐?" 정도일까. 이 아름다운 새가 나에게 마음을 활짝 열어 더 가까워지기로 한 것이다.

내가 응답할 차례였다. 우리의 거리는 팔을 뻗으면 겨우 닿을 정도로 떨어져 있었다. 조심스럽게 팔을 뻗었다. 녀석이 내 팔을 물어도 어쩔 수 없다. 이런 기회를 놓칠 순 없으니까. 망설였던 나와 달리 이 새의 발걸음은 거침없고 단호했다. 손등에 가벼운 무게감이 느껴지는 것 같아 눈을 꽉 감았다. 날카로워 보이는 새의 부리로부터 내 눈을 보호하기 위한 본능적인 행동이었다. 녀석은 망설임 없이 빠르게 걸어왔다. 두 다리의 움직임이 손등에서 시작해 팔 위쪽으로 느껴졌고 오른쪽 어깨에서 멈추었다.

심장이 터질 것 같았다. 천천히 실눈을 떴다. 눈을 다 뜨자 반짝이는 두 개의 눈동자가 눈앞에서 나를 바라보고 있었다. 동그란 갈색 눈은 밝은 하늘색의 유연한 피부 주름으로 둘러싸여 있었고, 크고 단단한 위아래의 회색 부리가 닫힌 모양이 웃는 것 같았다. 몸은 매끈한 흰 깃털로 덮여 있었는데 희미하게 좋은 냄새가 났다. 머리 위 긴 흰색 깃털은 하늘로 우뚝 솟아 있었는데 천사의 후광 같았다. 긴 발가락과 발톱으로 어깨를 단단히 잡는 힘이 느껴져서 이것이 꿈이 아닌 현실이라는 것을 자각했다. 경험해보지 못했던 압도적인 만남이었다.

그날 이후로 모든 것이 달라졌다. 녀석은 아침에 출근한 나를 보면 거침없이 소리쳤다. 크게 소리 지르며 반갑게 인사하고 내가 보이면 같이 놀자고, 자기를 꺼내달라고 대담하게 요구했다. 쉬는 시간에는 당연한 듯이 내 어깨 위에 올라와 병원 곳곳을 활보했고, 내가 먹는 과자도 부리로 빼앗아 갔다. 퇴근 전에 굿나이트 인사를 하러 케이지 앞에 가면 케이지를 부리로 잡고 물어뜯는 시늉을 하며 가지 말라고, 더 놀자고 불만을 표시했다.

실습 기간이 끝나가고 있었다. 앵무새와도 헤어져야 할 시간이었다. 하지만 나는 퇴근해서도 이 새를 떠올리며 출근을 기다리고 있었다. 이 앵무새 없이도 내가 잘 살 수 있을까? 상상해보려고 노력했다. 이 새와 함께 산다면 어떨까. 함께하는 일상도 잘 그려지지 않았다. 여름방학이 끝나면 다시 종일 수업을 듣고 어둑해져서야 집으로 돌아가는 수의대 학생의 일과로 돌아가야 했다. 객지의 자취방에서 공부하면서 내가 이 새를 잘 돌볼 수 있을지 자신이 없었지만, 며칠을 생각해도 뾰족한 수가 없었다. 새와 헤어지는 게 더 자신 없었기 때문이다.

실습을 마치기 전 병원 원장님께 이 새를 입양하고 싶다고 말씀드렸고 원장님이 흔쾌히 허락해주었다. 그렇게 나와 앵무새는 함께 살게 되었다.

삶의 모든 흔적

앵무새를 데려오기로 약속한 날이 밝았다. 병원 안으로 들어가니 여느 날처럼 경쾌한 소리로 나를 반겼다. 이젠 제법 익숙하게 내 어깨로 올라와서 몸을 털었다. 기분이 좋아 보였다. 수의사 선생님은 앵무새 간식과 장난감을 챙겨주시며 눈시울을 붉혔다. 사고로 구조되었을 때부터 지금까지 새가 겪어야 했을 일을 모두 옆에서 본 분이었다. 수술 부위를 소독하면서 가장 많이 물리셨고 처치 중에 아파서 소리 지르는 녀석을 보며 많이 우셨다는 이야기를 다른 선생님에게 들었다. 이 아이가 병원에서 나가게 되어 정말 다행이라고, 믿고 보낼 수 있어서 고맙다고 말하며 내 손을 잡아주었다. 앵무새를 어깨에 얹고 차에 탈 때까지 선생님이 손을 흔들며 계속 배웅해주는데, 녀석은 단 한 번도 뒤돌아보지 않았다. 그동안 자기를 아껴준 선생님에게 감사 인사를 해드리면 좋으련만 이 앵무새는 오랜만에 보는 바깥 풍경에 흥분해 있었다.

실습하던 병원에서 자취방까지 차로 네 시간이 걸렸다. 처음으로 장거리 이동을 하게 될 앵무새에 대한 걱정으로 속도를 내지 못하고 조심스럽게 운전해 평소보다 늦게 도착했다. 걱정과 달리 녀석은 차의 진동과 소음을 잘 견뎠다. 케이지 안에서 발가락으로 야무지게 횃대를 잡고 눈을 반쯤 감고 졸았다. 졸다가 깨면 꽥 소리를 지르고 다시 졸다가를 반복하다 보니 집에 도착했다.

자취방에서는 오랫동안 비운 집에서 나는 냄새가 났다. 앵무새를 방에 내려놓으니 집 안 구석구석을 다니며 나의 단출한 살림을 구경했다. 새의 발바닥과 발톱이 바닥 장판에 닿으며 가벼운 탁탁탁 소리가 났다. 탁탁탁 소리가 나면 녀석이 어딘가로 달려가는 것이고, 소리가 나지 않으면 서서 무언가를 관찰하고 있었다.

오래 비운 집의 먼지를 닦고 청소했다. 새는 다른 곳을 탐색하다가도 내가 있다는 것을 확인하려고 나에게 자주 뛰어왔다. 슬며시 장난기가 발동했다. 탁탁탁 소리가 가까워질 때 나는 일부러 벽 뒤에 숨었다. 나를 찾는 녀석 앞에 짠, 하고 나타나서 상대를 놀라게 하는 일명 까꿍 놀이를 하기 위해서였다. 녀석은 꽤애액 소리를 지르며 머리를 뒤로 젖히고 과장된 몸짓으로 한쪽 날개를 퍼덕였다. 내 장난에 적극적으로 맞장구를 쳐준 것이다. 웃음이 났다. 내 장난에 누군가 이런 과장된 반응을 해준 것이 얼마 만인가. 집에 도착한 지 몇 시간 만에 내 자취방이 환한 기운으로 가득했다. 이제 나 혼자만의 집이 아니었다. 나와 앵무새, 우리의 집이 된 것이다. 새에게 사랑이라는 이름을 붙여주었다. 힘든 수술과 회복 과정을 거치며 많이 고생했으니 이제 사랑받고 사랑하며 행복하게 지내자는 마음으로 지어준 이름이었다.

방학이 끝나기 전에 사랑이 방을 꾸미려면 서둘러야 했다. 개강하면 지금처럼 종일 함께 있을 수 없기 때문이다. 내가 학교에 가 있는 동안에도 혼자서 잘 지낼 수 있는 아늑한 환경을 만들어주고 싶었다. 밤에 깊이 잘 수 있도록 창에는 암막 커튼을 달았고, 사랑이가 날개를 쭉 펴도 케이지에 닿지 않을 정도로 넉넉한 크기의 새장을 주문했다. 사랑이가 병원에서 잘 먹었다는 브랜드의 사료와 간식을 사고, 케이지 안에는 부리로 뜯고 씹으면서 놀 수 있는 장난감을 달아놓았다.

사랑이는 새로운 생활에 잘 적응했다. 밥을 잘 먹었고, 아침에 일어나면 기분 좋게 온 집 안을 뛰어다녔다. 내가 하는 모든 일에 참견했는데 그 정도가 상상을 뛰어넘었다. 씻고 있으면 화장실 문 앞에서 계속 소리를 질러 화장실 안에 작은 횃대를 만들어두었다. 내가 씻을 때 녀석을 횃대에 올려주면 습기가 많은 따뜻한 공기가 나른한지 꾸벅꾸벅 졸다가 갑자기 꽥 울어서 나를 놀라게 했다. 노트북 앞에서 자판을 두드리고 있으면 내 손가락 위에 올라가서 움직임을 온몸으로 느꼈다. 볼펜으로 노트에 무언가를 쓰고 있으면 노트 위에 생겨나는 글씨들을 신기하게 여기는 것 같았다. 글씨들을 혓바닥으로 모두 만져보고 싶어 했고 지루해지면 볼펜을 부리로 물고 휙 던져서 바닥에 떨어뜨렸다. 지루해 죽겠으니 이제 그만 자기와 놀자는 의사표시였다.

사랑이는 좋아하는 것과 싫어하는 것이 항상 분명했다. 원하는 것을 표현하는 것도 단호했고 그 표현에 있어서 어이없을 정도로 타인에 대한 배려가 없었다. 자기가 원하는 것을 가지면 마음껏 누리고 크게 기뻐했다. 사랑이는 누구의 눈치도 보지 않았는데 그런 자기 삶의 태도에 대해서도 늘 자신 있어 보였다.

즐거운 일들이 대부분이었지만 사랑이에 대해서 한 가지 크게 걱정되는 부분이 있었다. 바로 자해 습관이었다. 새들에게 깃털을 부리로 다듬는 일은 꼭 필요하다. 생존이 달린 비행을 위해 몸과 날개 상태를 최적화하는 작업이기 때문이다. 사랑이 같은 유황앵무들은 파우더 깃이 발달한 앵무이다. 하루 종일 파우더 깃을 부리로 다듬어 분필 가루보다 더 고운 가루를 내고 그 가루로 다른 깃을 다듬는다. 사랑이는 파우더 깃을 부리로 만지다가 피부에 작은 상처를 내고, 한 번 생긴 상처를 부리로 계속 자극하여 상처를 크고 깊게 만들어 악화시켰다. 자기 몸에 상처를 내면 아플 것 같은데도, 사랑이는 한 번 부리로 상처를 내면 스스로 멈추지 못했다. 피부가 움푹 파이고 피가 흘러내릴 때까지 정신없이 자기 몸을 다치게 했다. 여러 차례의 전신마취와 날개 절단 수술, 입원장 생활이 어린 앵무새의 마음속에 병을 키웠던 것 같다. 너른 하늘을 날아다니도록 태어난 새가 고통스러운 상황에 던져졌을 때 할 수 있는 유일한 일은 자기 몸에 상처를 내는 것이었다. 병원에서 처음 봤을 때도 녀석은 플라스틱 깔때기를 몸에 뒤집어쓰고 있었다. 이 앵무새의 자해가 너무 심해서 몸통 부분을 깔때기로 가린 것이라는 설명을 듣긴 했지만, 사랑이와 함께 살기 전까지는 그 자해가 얼마나 큰일인지 알지 못했다.

방학이 끝나고 새 학기가 시작되었다. 수업, 실습, 아르

바이트 시간을 제외하고는 항상 집에서 사랑이와 시간을 보냈다. 사랑이도 새로운 생활 패턴에 적응해가는 것 같았다. 다만 등과 다리쪽 피부에 자해가 심해져서 걱정이었다. 깔때기를 씌우면 상처에 딱지가 생기면서 좋아졌지만, 깔때기를 벗기면 겨우 낫고 있는 상처의 딱지를 부리로 잡아 뜯고 헤집어 놓았다. 내가 집에 없는 동안 상처가 심해지지 않도록 외출할 때에는 깔때기를 몸에 씌워두었다. 미안한 마음에 집에 돌아오면 사랑이와 열심히 놀아주었다.

어느 날 수업을 마치고 돌아오니 집 안에는 이상한 정적이 흘렀다. 평소 내가 들어오는 인기척이 들리면 꽥꽥 빨리 들어오라고 재촉하던 사랑이의 목소리가 들리지 않았다. 사랑이의 방문을 열었을 때 온몸에 소름이 돋았다. 아침에 씌우고 나갔던 깔때기가 바닥에 떨어져 있었고 사랑이는 피투성이였다. 어둑한 실내에서 저녁 햇살을 역광으로 받고 있어서 사랑이 실루엣만 보였다. 가까이 가서 보니 사랑이의 부리에는 검붉은 피가 말라붙어 있었다. 횃대를 타고 흘러내린 핏자국과 바닥에 떨어진 핏방울이 보였다. 숨이 턱 막혔다. 가슴에 둔탁한 통증을 느끼면서 얼굴에는 뜨거운 눈물이 흘러내렸다. 사랑이의 부리에 내 얼굴을 갖다 대고 이름을 불렀다.

"사랑아, 이게 무슨 일이야…."

흐르는 눈물이 멈추지 않았다. 사랑이는 "꾸우우" 하는 작은 소리를 냈는데 입에서 비릿한 피 냄새가 났다. 울고 있는 내게 사랑이는 계속 작은 소리로 웅얼댔다. '이게 뭐 그렇게 큰일이라고 울어. 울지 마'라고 나를 위로하는 것 같았다. 그러고는 내 손에 따뜻하고 동그란 자기 머리를 갖다 대었다. 머리를 쓰다듬어달라고 할 때 하는 행동이었다. 머리 깃을 쓰다듬고 부리의 핏자국을 닦아주니 사랑이는 눈을 감고 피투성이 몸을 내 손에 맡겼다. 사랑이의 편안한 호흡을 손으로 느끼며 내 마음도 천천히 진정되었다. 사랑이의 등과 다리에 크게 움푹 파인 상처가 보였다. 상처 부위에 달라붙은 핏자국을 꼼꼼히 닦아내고 소독했다. 생각보다 다리의 상처가 깊어서 사랑이는 한쪽 다리를 절뚝였다. 아픈 다리에는 가볍게 붕대를 감고 몸통에 다시 깔때기를 씌워두었다. 깔때기를 씌우지 않으면 힘들게 감은 붕대를 부리로 모두 풀어버릴 것이기 때문이다. 사랑이는 소독

과정 내내 큰 괴성을 지르고 부리로 내 손가락을 물며 격렬하게 저항했다. 하지만 나도 소독과 붕대 감기를 포기하지 않았다. 내 앵무새를 내가 지켜야 한다는 생각뿐이었다. 그날 밤 사랑이는 횃대 위에서 나를 노려보며 오랫동안 화를 풀지 않았다.

10년이 훌쩍 넘는 세월을 같이 살면서 사랑이의 자해 습관을 없애기 위해 많이 노력했다. 하지만 결국 자해는 없어지지 않았다. 요즘도 사랑이는 깔때기를 쓰지 않으면 부리로 피부에 상처를 낸다. 나는 오랫동안 사랑이를 변화시키고 싶었다. 하지만 나는 사랑이를 바꾸려고 데려온 것이 아니라, 사랑이가 좋아서 함께 살기로 했을 뿐이다. 내가 누군가를 바꿀 수 있다는 생각은 허상이다. 그나마 바꿀 수 있는 것은 나 자신뿐인데 그것조차도 정말 어렵다는 것을 새삼 깨닫는다.

사랑이의 자해는 사랑이가 살아온 삶의 흔적이다. 삶의 모든 흔적들이 모여 그 존재를 세상에 하나밖에 없는 유일한 존재로 만든다. 그런 흔적들로 만들어진 이 앵무새도 나에게 하나뿐인 특별한 존재임을 이제는 조금 알 것 같다.

그걸 받아들이고 나니 사랑이 몸에 생긴 새로운 핏자국을 볼 때마다 밀려왔던 우울함과 무기력이 좀 가벼워졌다. 늘 힘든 시간만 있는 것은 아니다. 오히려 반대다. 버스커버스커의 〈소나기〉를 틀어주면 리듬에 맞추어 몸을 흔들고 높은 비음으로 따라 부른다. 하늘이 청명하고 바람이 적당한 날 공원에 나가면 제일 좋아하는 단풍나무 위에 올라가서 날개를 퍼덕거린다.

내일은 사랑이와 어떤 하루를 보내게 될까. 아침에 일어나서 날씨가 좋으면 사랑이와 공원을 산책할 것이다. 비가 내리고 쌀쌀한 날씨라면 사랑이가 좋아하는 온도의 따뜻한 차를 나누어 마실 것이다. 이런 하루를 매일 살아가는 것도 꽤 괜찮은 것 같다. 유쾌하고 고집 센 앵무새와 함께하는 날들이라면 말이다.

첫 숨

허름한 작업복을 입은 중년 여성이 병원 안으로 상자를 들고 뛰어 들어왔다. 진흙이 잔뜩 묻은 장화를 신은 것을 보니, 일하던 중에 급하게 온 것 같았다.

"제발 까미 새끼 좀 나오게 해줘요."

상자 안에는 검은색 개가 힘없이 누워 있었다. 어제 두 마리를 출산했고, 오늘 아침부터 진통이 오고 힘을 주는데도 새끼가 나오지 않는다고 했다. 어제 출산을 했는데 다음 출산이 아직도 없었다. 시계는 오후 다섯 시를 가리키고 있었다. 이미 출산이 다 끝났어야 하는 시간이었다.

"배 속에 몇 마리가 있는지는 아시나요?"

보통 출산을 앞둔 개는 엑스레이 촬영을 한다. 산자수를 확인하고, 태아의 두개골 크기와 모체의 골반강 크기를 재어 난산 가능성을 타진한다. 하지만 보호자는 임신 사실을 몰랐다. 밥을 주려고 보니 까미가 새끼 두 마리를 품고 있어서 놀란 것이다. 평소에 거의 마당 문이 열려 있어서 수

컷 개가 쉽게 들어올 수 있다고 했다. 까미는 아무도 모르게 두 달 동안 생명을 품은 것이다. 나와 눈을 맞추는 까미의 눈은 검고 깊었다.

우선은 배 속 태아 숫자를 먼저 확인해야 한다. 엑스레이를 찍기 위해 까미를 상자에서 꺼냈다. 꺼내면서 보니 녹색 분비물이 까미의 엉덩이부터 등, 배 주변 털에 범벅이 되어 있었다. 보호자 말로는 아침 일찍 녹색 분비물이 나오기 시작했었고, 오전 내내 힘을 잔뜩 주었다고 했다. 녹색 분비물은 자궁에서 태반이 분리되었음을 의미한다. 즉 출산이 이미 오래전에 시작된 것이다. 까미는 힘없이 옆으로 누우려고만 했다. 힘을 전혀 주지 않고 무기력하게 누워서 눈만 깜빡였다.

그때 외음부 쪽에 뭔가가 보이는 것 같았다. 밖으로 조금 튀어나온 태아의 머리였다. 가느다란 검은 털이 양수에 젖어 태아 머리에 달라붙어 있었다. 손가락을 대어보니 얼음처럼 차가웠다. 이미 태낭은 찢긴 상태였다. 호흡이 없는 상태에서 이 녀석은 얼마 동안 공기에 노출된 것일까? 엑스레이를 찍기 위해 밖으로 튀어나온 녀석의 머리에 자극이 가지 않도록 조심스럽게 까미를 눕혔다. 하늘을 보고 누운 까미의 유선은 많이 부어 있었고 젖이 흘러내리고 있었다. 가쁜 숨을 내쉬며 저항 없이 우리의 손에 자신을 맡겼다. 엑스레이에서 보이는 태아는 둘이었다. 한 마리는 두개골이 모체의 골반 입구에 걸려 있었다. 이 녀석이 골반을 통과하지 못한다면 다른 한 마리도 위험할 수 있다. 엑스레이에서 보아도, 첫 번째 녀석은 두개골뿐만 아니라 몸의 길이와 크기도 상당히 컸다. 두 번째 녀석의 몸은 골반에 걸린 태아보다 훨씬 작아 보였다.

초음파로 태아의 심장 박동을 확인할 차례다. 초음파 젤을 묻혀 프로브를 조심스럽게 까미의 배 위에 대었다. 골반에 걸린 태아의 심장은 뛰고 있지 않았다. 진통 초기에 골반에 걸렸고, 태낭이 찢기면서 체온이 급격히 떨어졌을 것이다. 두 번째 태아의 심장을 조심스럽게 찾아 초음파 프로브를 대보았다. 아직 살아 있다. 정상 태아의 심박수에 비해 느리긴 하지만 분명히 심장은 수축과 이완을 반복하며 살아 있다는 신호를 세상으로 보내고 있었다.

골반에 걸린 태아를 빨리 꺼내야 두 번째 태아가 살 수 있다. 최악의 경우 제왕절개를 해야 하는데, 이미 탈진 상태의 까미가 마취를 잘 버텨낼지 미지수이다. 태아를 견인할 준비를 하는 동안 까미의 혈관 라인을 잡고 산소를 주기 시작했다. 얇은 카테터를 질 안에 넣어 태아의 몸에 윤활제를 발라주었다. 그리고 손가락에 윤활제를 묻혀 태아의 두개골을 골반에서 조금씩 회전시켜보았다. 이제 머리는 완전히 밖으로 나왔다. 하지만 태아의 어깨뼈가 모체의 골반뼈 밖으로 좀처럼 나타나지 않았다. 까미가 날카로운 소리를 질렀다. 태아를 무리해서 견인하다가는 손상된 태아의 뼈나 날카로운 조직이 까미의 산도를 상하게 할 수 있다. 그보다는 제왕절개 수술을 하는 것이 나을 수도 있다.

까미의 고통스러운 비명이 점점 심해졌다. 견인을 포기하고 수술 준비를 해야 할까 하는 생각이 드는 찰나 쑤욱 하고 검은 털 뭉치가 빠져나왔다. 태낭이 반 정도만 제거된, 눈을 감은 상태의 꽤 크고 긴 몸을 가진 강아지였다. 까미는 눈 주변을 제외하고는 모두 검은 털인데, 이 아이는 몸에 밝은 갈색 반점이 있었다. 초음파상에서 심정지 상태가 확인되었지만 혹시나 하는 마음으로 청진해보았다. 역시나 심장 박동은 들리지 않았다. 몸은 양수를 모두 흡수한 듯 축축하고 차가웠다. 작게 접힌 귀, 작은 손에 더 작은 발톱들. 짧은 순간에 모든 것이 눈에 들어왔다.

까미는 지쳐서인지 새끼를 보고도 관심을 안 보였다. 배 속에는 한 마리의 새끼가 더 있다. 진통이 있어야 태아가 밖으로 나올 수 있을 텐데 진통의 기미가 전혀 없었다. 긴 난산 끝에 자궁 무력증이 온 것이라면 위험하다. 태아가 자궁 내에서 오래 정체될 경우 태아는 사망할 수도 있고, 결국 모체도 위험해진다. 까미에게 유도 분만을 시도하기로 했다. 산소와 수액을 주며 지켜보다가 분만 촉진제를 투약했다. 보호자는 입원실에서 까미 옆을 지키고 있었다. 한두 시간 내에 진통이 없다면 제왕절개를 해야 할 수도 있다고 설명했다. 엑스레이에서 보였던 두 번째 녀석의 몸이 첫 번째 녀석보다 훨씬 작았던 것을 기억하며, 자연 분만 가능성도 있음을 보호자에게 알리고 마음으로 까미를 응원했다.

다른 진료를 보고 있던 중, 까미 엄마가 입원장 문을 벌컥 열고 다급하게 소리 질렀다.

"새끼가 나와요!"

분만 촉진제 주사 이후 20분이 지났을 때였다. 까미에게 뛰어가 보니 새끼가 이미 밖으로 나와 있었다. 새끼는 태낭에 싸여 밖으로 나왔는데 까미는 새끼를 멀뚱멀뚱 쳐다만 볼 뿐 돌볼 생각을 하지 않았다. 까미가 돌보지 않는다면, 새끼가 울음을 터뜨릴 때까지 우리가 까미 역할을 대신해야 한다. 깨끗한 면 수건으로 태낭을 감싸 안고 처치실 안으로 들어갔다.

태낭을 열자 미지근한 양수가 쏟아져 나왔다. 눈을 감고 미동이 없는 녀석은 엄마를 닮아 얼굴과 귀에만 흰색 털이 있고 전신이 칠흑 같은 검은색이었다. 코 안에 있는 양수를 최대한 제거하고 드라이로 몸을 말리며 산소를 주었다. 부드러운 면 수건으로 몸을 문지르고 닦아주는데도 녀석은 미동이 없었다. 울음이 터지지 않으면 숨을 쉬지 못하고 죽게 된다. 간호사는 한 손으로 산소 라인을 새끼의 코 옆에 대주었고, 한 손으로는 드라이로 체온을 유지하고 있었다. 열심히 털 뭉치의 뒷목을 자극했다. 입이 바짝바짝 말랐다. 실제로 1, 2분이 채 안 되는 시간이었을 텐데 이런 순간은 언제나 영원처럼 느껴진다. 순간적으로 시간이 흐르지 않는 것 같다. 그 영원의 무게를 견디기 위해서는 생각을 멈춰야 한다. 그리고 해야 하는 과정대로 기계적으로 움직인다. 생각과 감정을 열어두면 마음이 흔들리고 집중력이 떨어진다. 작은 망설임으로 시간을 끌다가 내 실수로 한 생명을 놓칠 수 있다.

그때 낑낑거리는 작은 신음이 들리는가 싶더니 곧 우렁찬 울음이 터져 나왔다. 밖에 있는 까미에게 들릴 정도로 큰 울음소리였다. 정신을 차리고 고개를 들어보니 간호사도 이마에 땀이 맺힌 채로 환하게 웃고 있었다. "살았어요!" 내 얼굴과 옷도 땀으로 범벅이 되어 있었다.

이번에는 입원장 밖에서 낑낑대는 소리가 들렸다. 새끼의 우렁찬 울음소리를 듣고 까미가 불안해하고 있었다. 담요로 감싼 녀석을 서둘러 까미의 옆으로 보내주었다. 까미는 아까와 달리 새끼를 혓바닥으로 부드럽게 핥아주었고 새끼는 엄마 품으로 파고들며 젖을 빨기 시작했다.

한 생명이 무사히 세상 밖으로 나와 엄마 젖을 빨고 있는 이 광경은 이전까지의 모든 시름을 잊게 해준다. 꼬물거리는 작은 발가락이지만 끝없이 파고드는 동작이 약해 보이지 않는다. 심장 박동 수가 느려서 걱정했었는데 다행이다. 병원에서 좀 더 두고 보고 싶지만, 집에는 어제 태어난 어린 두 생명이 엄마를 기다리고 있다. 핫팩을 여러 개 데워서 까미와 새끼가 깔고 있는 담요 밑에 넣어주었다. 칼바람이 부는 겨울이었다.

처치실 한편에 두었던 녀석이 그제야 눈에 들어왔다. 산도에 걸려 있던 녀석. 차갑게 젖은 검은 털, 축 처진 작은 다리, 짧지만 날렵한 모양새를 갖춘 꼬리. 완벽한 한 생명체의 모습을 갖추고 있지만, 거기엔 생명이 없었다. 콩콩 뛰던 작은 심장이 느려지다가 결국 멈추고, 흉곽을 부풀리던 숨이 멎는 것. 삶과 죽음은 아주 짧은 순간 뒤바뀌지만, 돌이킬 수 없다. 받아들일 수밖에 없는 묵직한 현실이다.

오늘 밤 까미는 세 꼬물이들과 함께 오랫동안 푹 쉴 것이다. 예쁜 핑크빛의 혓바닥이 다 보일 정도로 입을 크게 벌리고 빽빽 울어대면 까미는 어렵게 만난 새끼를 부드럽게 핥아주겠지. 새끼들은 엄마 젖을 잘 먹으며 무럭무럭 클 것이고. 봄이 올 때 즈음에는 제법 말썽도 많이 피우고 장난을 치고, 작은 유치도 빠질 것이다. 하지만 처치대 위의 녀석에게는 내일이 없다. 나머지 세 아이에게는 주어질 삶이 없는 아이. 오늘 하루는 너를 기억할게. 너의 부드러운 털과 작은 손톱, 작게 접힌 귀를 기억할게. 세상 밖으로 나와 처음 만났을 공기와 너의 터지지 못한 첫 숨을 기억할게.

다른 병원 가보자

우리 병원에는 처음 온 분들이었다. 모녀 관계로 보이는 두 사람은 큰 수건으로 개를 감싸 안고 서 있었다. 수건 밖으로 고개만 빼꼼히 내민 개는 시츄였다. 눈이 흐릿하고 얼굴과 귀 주변에 흰털이 많이 섞인 것으로 보아 나이 지긋한 어르신으로 보였다. 해탈에 가까운 무표정의 노견이었다.

"재롱이 배 쪽 상태 좀 봐주세요."

무념무상의 재롱이와 달리 보호자들은 불안해 보였다. 표정은 어두웠고 언뜻 보면 화가 난 것 같았다. 수건을 걷어내자 악취가 났다. 배 중앙 부위에 자리 잡은 종양이 꽤 컸고, 종양 가운데서부터 피고름이 흘러나오고 있었다. 유선 종양은 중성화 수술이 되지 않은 중년 이상의 암컷 개들에게 흔하게 발생한다. 하지만 처음엔 종양이 작았을 것이고, 이렇게 커지기까지 시간이 걸렸을 텐데 왜 지금에서야 병원에 데려온 걸까.

"유선 종양이네요, 중성화가 안 되어 있는 아이죠?"
"네. 중성화 안 했어요. 유선 종양인 건 알고 있어요."

날카로운 목소리였다. 한 명은 의자에 앉지 않고 계속 진료실 안을 서성이고 있었다. 재롱이의 유선 종양은 하나가 아니었다. 지름 3, 4센티미터 되는 큰 것이 하나였고, 복부 전체 유선 근처에 크고 작은 종양들이 어림잡아 일고여덟 개 이상 있었다. 다행히 식욕은 좋고 활력도 좋다고 했다. 마취 전 검사 결과만 양호하다면 조심스럽게 수술도 해볼 수 있을 것 같았다.

"종양이 유선 전체에 퍼져 있습니다. 빨리 수술해서 적출하지 않으면 시기를 놓칠 수도 있어요. 우선 종양 세포검사부터 해야 할 것 같아요, 세포 검사는…."

한 보호자가 내 말을 자르고 다급하게 말을 꺼냈다.

"수술 꼭 해야 하나요?"

수술하지 않으면 피고름이 흐르는 종양이 더 커질 것이고, 종양 무게 때문에 재롱이가 걷기 불편해질 수도 있다고 설명했다. 이미 서 있을 때 종양이 바닥에 닿을 정도였다.

검사를 해서 수술할 수 있을 정도의 컨디션이면 재롱이가 더 힘들어하기 전에 수술을 해보자고 말했다.

"수술해도 재발 가능성이 높다면서요. 인터넷으로 찾아 봤어요."

보호자가 병원에 시츄를 데려온 진짜 이유가 무엇인지 생각해야 했다. 이 아이를 살리고 싶은 마음이 있는 걸까? 보호자는 수술을 하지 않아도 되는 이유를 찾고 싶어 했고, 나는 수술해야 할 이유를 설명하고 있었다. 모든 수술은 재발 가능성이 있다. 하지만 그 때문에 수술들을 다 포기하지는 않는다. 마취 전 검사 결과가 양호하고 다른 조직으로의 전이만 없다면, 재롱이는 수술 후 가족들과 건강한 생활을 몇 년 더 누릴 수 있다. 재발을 예방할 수 있도록 종양 근처의 림프절도 함께 적출하고, 중성화 수술도 해야 한다고 말했다.

"그렇게 다 수술하면 비용이 어마어마할 거잖아요. 동물병원은 과잉진료도 많다던데."

곁눈질로 내 표정을 슬쩍 살피는 이들의 얼굴을 보니 맥이 풀렸다. 동물의 상태에 대해, 치료 방법과 예후에 대해 최선을 다해 설명해도 병원비가 언급되면 비난의 화살이 갑자기 수의사를 향하는 경우가 종종 있다. 강아지의 종양이 수의사 때문에 생긴 것도 아닌데, 비싸서 치료를 포기할 거니까 수의사가 우리 개를 죽음에 이르게 했다는 식의 비난이다. 아픈 개를 데려와서 돈이 없으니 공짜로 치료해주지 않으면 산에 버릴 거라고 잔인한 협박을 하는 사람도 있었다. 나를 비롯한 주변 많은 동료 수의사들이 좌절을 느끼는 순간이다.

그들은 자신이 반려동물과 함께 살 준비가 된 사람인지 되돌아보아야 한다. 저렇게 종양이 커질 때까지 왜 병원에 미리 데려오지 않았을까? 종양이 퍼지기 전이었다면 마취 위험도 줄어들고 비용 부담도 훨씬 적었을 텐데 말이다. 사람도 나이 들수록 자주 아프고 의료 비용도 많이 지출하게 되듯 개도 마찬가지이다. 어렸을 때는 아픈 데 없이 건강하니 돈 걱정 없이 마음껏 예뻐했을 것이다. 나이가 들면 심혈관계 질환, 호르몬 질환 등 전신 질환이 자연스레 찾아온다. 종양이 생기고 관절염이 온다. 눈도 침침해지고, 귀도 어두워진다. 하지만 노화와 질병은 동물의 잘못이 아니다. 그저 나이가 들었을 뿐이다. 노견일수록 건강 검진도 자주 해야 하고, 질병에 대비하기 위한 경제적인 준비도 미리 해야 한다.

슬쩍 재롱이의 얼굴을 보았다. 재롱이의 표정은 보호자와 나의 대화 중에도 변함이 없었다. 시각과 청각 반응이 느렸지만, 간식 냄새에는 반응이 좋았다. 간식을 주면서 종양에서 흘러나오는 피고름을 닦아내고 소독했다. 재롱이는 간식을 주는 내 손을 핥아주었다. 한 명이 진료실 밖으로 나가자 남은 한 명이 기다렸다는 듯이 질문을 던졌다.

"안락사는 비용이 얼마예요?"

"왜 안락사를 생각하세요? 치료할 방법이 있는데요."

"개를 돌봐줄 사람이 없어요. 수술 비용도 한두 푼이어야지…. 딸이 친정에 오랜만에 왔는데 재롱이를 보고 놀라서 병원에 온 거예요."

"따님분이 돌보시긴 어려울까요?"

"이제 돌 된 아기 키우는 애 엄마예요. 저런 상태의 개를 어떻게 돌봐요? 오피스텔 사는데. 개 키우는 사람은 아예 입주가 안 되는 데예요."

"그래도 가족분들이랑 상의해서 결정하셔야죠, 이런 문제는."

"가족은 우리 둘이 다예요. 딸도 다 그렇게 하기로 했고. 애가 착해서 이런 이야기를 대놓고 못 해서 내가 하는 거예요."

"…착해서라고요?"

굳어지는 표정을 숨길 수 없었다. 이미 보호자는 안락사를 결정지었고, 병원에 들어왔을 때부터 그것을 요구하고 싶었을 것이다. 초면에 안락사 얘기를 하는 것이 민망해서였을까. 처음부터 내 이야기에 집중하지 못했고 불안해 보였다. 그 보호자들도 재롱이가 물론 안타까울 것이다. 어린 아이를 키우는 엄마로서의 자기 삶만으로도 버겁고, 결혼한 딸이 멀리 살아 혼자 아픈 개를 돌보는 것이 부담스러울 수도 있다. 그렇지만 그 모든 상황이 평생을 함께해온 재롱이가 늙고 병들었다고 해서 재롱이를 죽여도 되는 이유가 될 수는 없다. 말이 안락사이지, 사실 이런 경우는 약물로 살해하는 것과 다름없다.

나는 치료에 대한 의지가 전혀 없는 이 보호자들의 안락사 요구를 거절했다. 우선 종양세포검사를 하고 수술 여부를 생각해보길 권했지만 둘은 재롱이를 안고 나갔다. 아까 들어올 때처럼 화가 잔뜩 난 표정이었다. 문을 열고 나가면서 하는 그들의 대화가 들렸다.

"엄마, 다른 동물병원 가보자."

재롱이가 지금 가족들이 자기에게 느끼는 감정을 알게 될 거라고 생각하니 마음이 쓰라렸다. 평생 같이 살았던 가족들인데 모를 수 없을 것이다. 재롱이는 어떤 생각을 하며 엄마 품에 안겨 있을까? 처치대 위에서 소독할 때 잠시 나누었던 재롱이와의 교감이 떠올랐다. 따뜻한 혓바닥. 잠깐의 만남에도 온기를 주었던 재롱이에게 미안했다. 다른 병원에 가서도 재롱이는 자기 종양을 수의사에게 기꺼이 보여주고, 엄마 품에서 그들의 대화를 들을 것이다.

"저는 동물을 좋아해서 수의사가 되고 싶어요. 좋아하는 동물을 매일 볼 수 있잖아요!"

그날 오후 병원에 온 한 초등학생이 내게 한 말에, 재롱이가 떠올랐다. 그날의 나는 솔직하게 대답했다.

"동물을 많이 좋아하면 수의사 말고 다른 일을 하는 것도 좋을 것 같아요. 대신 사랑하는 반려동물과 함께 살면 좋겠어요. 좋아하는 동물을 매일 볼 수 있잖아요."

"왜요?"

"수의사가 되면 동물을 좋아하는데도 아무것도 해줄 수 없을 때가 많거든요."

학생은 알쏭달쏭한 표정으로 나를 바라보았고, 나는 어색하게 웃어 보일 뿐이었다.

마음속 무지개

뒷다리를 절뚝거리는 고양이가 왔다. 차트를 열어 동물의 정보를 보니 4개월의 스코티시폴드였다. 폴드종의 상당수는 유전병을 지니고 있다. 골연골 이형성증OCD이다. 유전병이기에 완치 방법이 없고 평생 관리하며 살아가야 한다. 보호자 목소리에 걱정이 가득했다.

"어제저녁까지는 캣타워에도 잘 올라갔는데, 오늘 갑자기 캣타워에 못 올라가네요. 루비는 아침 먹고 나면 캣타워 올라가서 베란다 밖을 구경하는 게 낙이에요. 근데 오늘은 밥 먹고 캣타워 앞에 앉아서 올려달라고 울더라고요."

높은 곳으로 올라가는 행동을 불편해한다면 뒷다리에 문제가 있을 가능성이 크다. 몸을 만져보니 확실히 왼쪽 뒷다리 발목 관절이 부어 있었다. 그 부분을 만지면 아픈지 다리를 당기면서 저항했다. 보호자는 루비가 사용하는 화장실 사진을 보여주었다.

"화장실 실수도 처음 했어요. 우리 집에 온 지 두 달이 되어가는데요. 화장실 바로 앞에서 쉬를 했더라고요."

루비 엄마는 모래가 담긴 고양이 화장실 사진을 보여주었다. 화장실 안으로 들어가기 위해서는 입구의 작은 턱을 넘어야 했다. 다리가 아프지 않다면 그 정도 턱은 아무것도 아니었을 것이다. 평소에 잘 넘나들던 얕은 턱조차 넘는 것이 두려워서 화장실도 못 갈 정도라면 아마도 많이 아픈 상태일 것이다.

엑스레이 촬영을 해서 통증 부위를 확인하기로 했다. 소견은 골연골 이형성증, 우려했던 유전병으로 추정되었다. 납작한 얼굴과 짧은 다리를 가진 스코티시폴드의 가장 큰 특징은 대부분 귓바퀴가 접혀 있다는 것이다. 고양이들의 귀를 쫑긋 세우게 하는 것은 연골이다. 아주 오래전 그 연골 형성에 유전적인 문제가 있어서 귓바퀴가 접힌 돌연변이 고양이가 태어났을 것이다. 그 귀 모양이 귀엽다고 혹은 희소해서 상품성이 있다고 생각하여 어떤 몹쓸 인간이 반복적으로 귀 접힌 고양이들끼리 교배를 시켰을 것이다. 하지만 귓바퀴에만 연골이 있는 게 아니다. 전신 골격의 모든 관절에 있다. 귀를 접히게 했던 돌연변이 유전자가 모든 관절에 적용되어 심각한 문제를 일으킨 것이다. 그러니까 인간들이 평생 유전병으로 고통받는 고양이를 만들어낸 것이다. 자연 선택만으로 이 세상에 존재할 수 없는 고양이가 이 스코티시폴드 종이다. 하지만 루비에게 무슨 잘못이 있을까. 그저 태어났을 뿐인데. 이 세상에 태어난 이상 루비는 고양이로서의 행복을 마땅히 누려야 한다. 루비는 이 집에 온 이후 어린 고양이답게 몇 달 동안은 온 집 안을 날아다녔을 것이다. 그런데 갑자기 다리가 불편해졌을 테고 좋아하는 캣타워에 오르는 것도 화장실 가는 것도 무서워졌을 것이다.

루비가 골연골 이형성증 때문에 아파하는 거라고 설명했다. 예상보다 심각해 보이는 병명 때문인지 보호자의 얼굴이 더 어두워졌다. 루비가 왜 이 병에 걸린 건지 치료법은 없는지를 물었다. 이 질병은 유전병이기 때문에 완치가 어렵다. 따라서 진통제와 보조제로 관리하며 살아가야 한다. 다행히 많은 스코티시폴드 고양이들이 실내의 제한된 공간에서 생활하며 살아간다. 하지만 통증과 불편함에 적응한 것일 뿐이지, 이들의 고통이 완전히 사라지는 것은 아니다. 사람 때문에 생긴 고통을 다시 사람이 만든 약과 보조제로 완화할 뿐이다.

"그럼 펫숍에 책임이 있는 거 아닌가요? 유전병 있는 고양이를 분양한 거니까요."

책임이라는 단어가 무겁게 들렸다. 루비의 고통에 대해 누가 책임을 져야 할까? 폴드종 고양이의 유전병을 예방하는 방법은 이 질병이 있는 폴드종 고양이들끼리 교배시키지 않는 것이다. 아픈 고양이가 태어날 걸 뻔히 알면서도 상업적 목적으로 교배를 시키는 것이 이렇게 아픈 폴드종 고양이들이 많이 생겨난 원인이다. 하지만 그 모습이 귀엽다며 찾는 사람이 많아진 것 역시 폴드종 고양이가 더 많이 유통되게 한 원인이기도 하다. 그럼 귀여운 외모만을 보고 충동적으로 폴드종 고양이를 구입한 사람들에게도 책임이 있다고 해야 할까? 분명한 건 누가 책임진다 한들 루비의 고통이 사라지지 않는다는 것이다.

보호자는 약을 처방받고 한동안 굳은 표정으로 병원 밖에 앉아 있었다. 좀 걱정이 되었다. 가족이 된 어린 고양이가 평생 통증으로 아파할 거라는 소식이 갑작스러웠을 것이다. 그리고 또 하나, 펫숍에서 구입한 동물에게 질병이 발견되었을 때 반품하거나 교환하는 경우를 꽤 보았기 때문이다. 반품되어 다시 펫숍의 유리창으로 돌아간 동물은 또다시 새로운 보호자를 기다려야 한다. 어두운 표정의 보호자 얼굴에서 나는 어떤 감정이나 의지를 읽어내지 못했다.

한 달 후 루비가 다시 병원에 왔다. 진료실에서 다시 만난 루비 엄마의 표정은 놀랍게도 아주 밝았다. 경쾌한 목소리로 루비와의 생활을 이야기해주었다. 캣타워에 연결된 계단을 설치했고, 완만한 경사로로 올라갈 수 있는 캣로드도 만들었다고 했다. 루비가 미끄러지지 않도록 바닥에 매트도 깔고, 체중이 갑자기 늘지 않게 식단도 조절하고 있다고 말했다.

"루비가 계단으로 캣타워에 못 올라갈 때도 있어요. 그럴 땐 제가 올려주면 되잖아요? 이렇게 같이 살아보려고요."

루비의 유전병에 대해 전혀 몰랐던 보호자가 상황을 받아들이는 게 쉽지 않았을 것이다. 완치되지 않는 질병에 절망했을 수도 있다. 그래도 루비를 위해 할 수 있는 일을 하나씩 찾아냈다. 가족이 되기 위해 고민하면서 스스로도 변화했을 것이다. 한 달 만에 만난 보호자는 루비의 유전병에 대해 전문가가 되어 있었다. 집의 변화된 환경을 사진으로 보여주면서 환하게 웃었다. 분명 지난 진료 때보다 더 행복해 보였다.

"이렇게 같이 살아보려고요."

이 말이 내 마음속에 무지개를 띄웠다. 기쁨이 전달되어 마음이 간질거렸다. 좋은 결정을 해준 보호자에게 정말 고마웠다. 루비와 루비 엄마, 그들은 이제 서로에게 진짜 가족이 되었다.

작별 인사

코코는 우리 병원에서 할아버지로 불렸다. 나이가 지긋하기도 했지만, 발톱 깎기나 귀 청소처럼 하기 싫은 것을 하면 "꽥!" 하고 소리를 질렀는데 그 소리가 꼭 어르신이 "이놈!" 하고 불호령을 내리는 것 같았기 때문이다. 코코가 병원 안으로 들어오면 사람들은 모두 "할아버지 오셨네요" 하며 맞았다. 코코는 뒷짐을 지고 느릿느릿 걷는 할아버지처럼 병원 구석구석을 천천히 둘러보고 냄새를 맡았다. 냄새를 다 맡으면 엄마 앞에 와서 무릎 위를 무심하게 쳐다보았다. 그럴 때는 "이제 할 일을 다 했으니 나를 무릎 위로 올려다오" 하는 것 같았다. 엄마는 그런 코코를 소중하게 무릎 위로 올려서 편안한 자세를 잡게 해주었다. 보호자도 나이 지긋한 어르신이었다. 주변 길고양이에게 보금자리와 밥을 챙겨주는 따뜻한 분이었다.

우리가 처음 만났을 때 코코는 열 살이었다. 다부진 체격이었고 주변 상황에 적당히 무심한 성격이었다. 병원을 개원한 이후 내원한 첫 노령견이었는데 얼마 되지 않은 초보 원장의 진료에 혹시라도 실수할까 봐 긴장했던 기억이 있다. 첫 진료 때 방광 결석으로 심한 혈뇨를 보고 있었고, 수술 후 잘 회복되었다.

그 후 2년 만에 코코가 병원에 왔다. 목에 무언가가 걸린 듯 발작적인 기침으로 이삼일 동안 밤에 잠을 못 잤다고 했다. 청진을 해보니 코코의 심장에서 잡음이 들렸다. 기침의 원인은 심장병이었다. 판막의 폐쇄 부전으로 심장 내 혈액이 역류하고 폐부종이 진행되는 상황이었다. 약물 처치가 시급했다. 약물 처치가 시작되니 코코의 기침은 거의 사라졌지만, 심장병 치료는 병의 완전한 치유를 목표로 하기 힘들다. 증상을 완화시켜서 일상생활의 질을 높이고, 질병의 진행 속도를 늦추며 합병증을 예방하는 것이 목표이다.

코코는 이후로도 3년 동안 매주 병원에 왔다. 엄마는 코코가 깊이 잠들었을 때 분당 호흡수를 매일 기록했다. 콧물이 생겼는지, 기침은 줄었는지, 변 상태는 어땠는지, 식욕은 평소와 비슷한지, 꼼꼼히 말해주었다. 병원이 아니어도 할 법한 소소한 대화가 이어졌다. 코코가 산책할 때 좀 더 기분 좋게 오래 걸었다든지, 산책 중에 길에서 만난 고양이를 보고 눈빛이 어떻게 달라졌는지, 가족들과 있었던 사소한 일상들….

보호자는 정기적으로 장거리 운전을 했다. 그의 엄마를

뵈러 다녀오는 긴 여행이었는데 거기에도 늘 코코가 함께 했다. 운전대를 잡은 엄마 옆 보조석에서 당당히 자기 자리를 지키는 이야기는 자주 들어도 들을 때마다 훈훈해졌다. 코코는 운전하는 엄마를 물끄러미 쳐다보다가 늘어지게 하품을 했을 것이다. 창문으로 들어오는 바람 냄새도 맡고 휴게소에서는 종종걸음으로 산책도 하고. 그런 코코를 보며 엄마는 흐뭇하게 웃었겠지. 병은 서서히 진행되고 있었지만, 그들의 일상은 여전히 튼튼했다. 맛있게 밥을 먹고, 정해진 시간만큼 산책했다. 산책 중에는 천천히 걸으며 신중하게 냄새를 맡고 적절한 장소를 찾으면 꼭 배변했다. 가족들이 모두 모인 집 안에서, 코코는 자신의 자리를 지켜 집을 완성해주었다.

보호자는 최근 들어 코코가 좀 변한 것 같다며, 소리를 잘 못 듣는 것 같다고 걱정했다. 이제까지는 늘 현관으로 뛰어나와 귀가하는 가족들을 반겼는데, 엄마가 저녁에 집에 들어와도 늘 뛰어나오던 녀석이 보이지 않았다고 했다. 살펴보니 코코는 어둑한 거실 구석에서 등을 돌려 바닥에 엎드려 있었다. 미동도 없어 혹시 숨을 멈춘 것은 아닌지 덜컥 겁이 날 정도였다고, 손바닥으로 코코의 어깨를 감싸 안으니 놀라지도 않고 고개를 돌려 엄마를 물끄러미 쳐다보았다고 했다.

코코는 조금씩 가족들과의 이별을 준비한 것 같았다. 청력이 떨어지는 것 같다는 이야기를 들은 지 얼마 되지 않아 체중도 줄어들기 시작했다. 늘 밥을 잘 먹던 아이였는데 식욕이 줄어들었다. 혈액검사를 하니 코코의 신장 수치가 꽤 올라 있었다. 심장과 신장은 전신 순환에서 서로 밀접히 연관된 장기이다. 심장병으로 인한 폐부종을 해결하기 위해 사용하는 이뇨제도 신장에 부담을 주었을 것이다. 그렇다고 신장 수치를 낮추기 위해 이뇨제를 중단하면 폐에는 다시 물이 차 호흡이 힘들어진다. 심장병 관리 중에 신장 수치가 높아지는 건 위험 신호이다. 마지막을 준비해야 한다는 뜻이기도 하기 때문이다.

이삼일 동안의 집중 처치에도 기침은 더 심해졌다. 엑스레이를 찍어보니 폐에 조금씩 물이 차고 있었다. 응급상황이 올 수 있다. 이뇨제를 천천히 주면서 호흡수와 배뇨량을 체크했다. 코코는 엄마가 보이지 않으면 많이 불안해했다. 입원장 문을 긁고 안에서 뱅뱅 돌며 엄마를 찾았다. 병원

격리 입원실로 코코를 옮겨 엄마와 함께 있을 수 있게 했다. 코코는 그제야 옆으로 누워서 눈을 감고 쉬었다. 엄마가 마스크로 산소를 주었다. 코코는 종일 자다 깨기를 반복했다.

코코의 호흡이 점점 더 힘들어졌다. 이뇨제 용량을 점차 높여도 반응이 없었다. 진행되는 폐부종. 높아지는 신장 수치. 점점 의식은 혼미해졌다. 산소마스크를 대고 있는 코코의 머리를 쓸어주면 간신히 눈만 떴다가 다시 눈을 감았다. 이뇨제를 투여해도 더는 오줌을 만들어내지 못했다. 가느다란 가쁜 숨과 고통스러운 기침이 계속되다 코코는 천천히 큰 마지막 숨을 쉬었다. 그동안 한 번도 눈물을 보이지 않던 코코 엄마의 눈에서 눈물이 쏟아져 나왔다. 그는 코코의 머리를 쓰다듬으면서 말했다.

"코코야. 엄마가 그동안 너한테 잘 못 해준 것 다 미안해. 엄마는 코코 때문에 많이 행복했는데. 코코도 그랬어? 엄마가 못 해준 건 다음 세상에서 다 해줄게. 그러니까 다음 세상에도 엄마한테 와줘. 엄마가 미안해. 엄마는 많이 행복했어. 고마워…."

내 얼굴에도 뜨거운 눈물이 흘렀다. 처치실 안을 보니 코코를 오랫동안 봐왔던 간호사도 어두운 얼굴로 겨우 울음을 참고 있었다. 코코를 많이 아꼈던 병원 실장님도 눈물범벅이 되어 손바닥으로 얼굴을 감싸고 있었다. 나도 그랬던 것 같다. 잘 기억나지 않는다. 코코 엄마와 어떻게 작별 인사했는지. 눈물이 정신없이 흘러내렸다. 그가 코코를 안고 나가고 한참이 지난 후에야 정신이 들었다.

코코가 갔구나. 코코 없는 아침을 내일 처음으로 맞이하겠구나. 그런 아침은 참 쓸쓸하겠지. 이렇게 오래 울었던 것이 얼마 만인가, 하는 생각을 하며 늦은 밤 병원 문을 열고 밖으로 나섰다. 이미 짙은 어둠이 내려와 있었다.

part. 3

다르지 않은 마음들에 대하여

물까치의 날들

요즘은 아침에 눈을 뜨자마자 집 앞 공원을 걷는다. 비몽사몽 상태에서 산책길 초입에 들어서는데 누가 내 머리를 부드럽게 만져주었다. 고개를 들어보니 자귀나무 가지들이 바닥으로 길게 늘어져 있었다. 내 머리카락을 가만히 쓸어주는 자귀나무 잎사귀들이었다. 지난밤 사나운 꿈자리에 복잡했던 마음이 확 풀려서 말랑말랑해지는 순간이다. 자귀나무 여린 잎사귀는 부드러운 작은 초록 잎들인데 친절하고 다정한 손가락 같고, 수백 수천 개로 갈라진 분홍빛 꽃은 눈부시다. 자귀나무에 올해 처음 핀 꽃이었다. 그 아름다움을 눈에 담으면 잠이 덜 깬 나의 흑백 세상도 색깔이 또렷해진다. 넋을 놓고 자귀나무꽃을 감상하고 있는데 익숙한 새소리가 들렸다. "끼끼끼, 끼, 끼이이." "위이이이이이이."

물까치들이다. 이 산책로에는 물까치들이 많다. 그들의 대화를 듣고 있자면 놀랍도록 시끄럽다. 마치 유쾌한 친구들과 오랜만에 만난 자리에서 서로 크게 웃으면서 말하는 것 같은 즐거운 소음이다. 산책로에 들어가는 나를 보고 한 마리가 소리를 내기 시작하면 주변에는 더 큰 소리를 지르는 물까치들로 난리가 난다. 여러 마리 물까치들이 벚나무 위에서 단풍나무 위로 날아가면서 소리를 지른다. 어떤 녀석은 철봉 위에서 열심히 자기 깃을 고르고 있다. 우르르 날아가기도 하고 몇 마리는 나무 위에 앉아서 버찌를 쪼아 먹는다. 한두 마리는 내 머리 위를 날아다니며 경계하지만, 대부분 자기 하던 일을 계속한다. 인간 한 마리가 등장했지만, 별거 아니라는 분위기다. 그들의 세계에 한 발 내디디면 하루가 시작된다.

산책로와 집 주변에 물까치들이 워낙 많아서 자연스럽게 이들을 관찰하게 되었다. 처음 알게 된 특징은 떼로 몰려다니며 조직적으로 생활한다는 것이다. 출근하려고 집 밖으로 나오자 주차장 근처에서 굉음에 가까운 물까치들의 합창 소리가 들렸다. 머리를 들어 위쪽을 바라보니 까마귀 한 마리가 전선 위에 앉아 있었고, 그 까마귀 바로 옆에 네 마리의 물까치가 있었다. 물까치들은 까마귀 한 마리를 향해 몸을 낮추고 크게 소리 질렀다. 길게 찢어지는 비명 같은 소리였다. 까마귀를 위협하는 게 분명했다. 까마귀는 물까치보다 덩치가 훨씬 컸으므로 일대일로 붙는다면 상대가 안 되지만 물까치는 넷이었다. 주변 전봇대와 목련 위에서도 다른 물까치 조직원들이 까마귀 주변을 낮게 날며 소리 지르고 있었다. 결국 까마귀가 반대쪽 숲으로 날아갔다. 까마귀에 대한 경외심을 오랫동안 갖고 있었던 나는 조금 아쉬웠다. 도망가는 것이 분명한데도 까마귀의 비행은 우아했다. 눈부신 하늘을 가르며 날아가는 까마귀의 검은 날개는 크고 아름다웠다. 공기 중에 너울거리는 파도를 만들며 날아가는 모습을 보며 깨달았다. 아, 내가 사는 동네는 물까치가 접수하고 있구나.

물까치들의 조직력에 대한 놀라운 경험이 또 하나 있다. 우리 집 사람들은 근처 고양이들에게 물과 밥을 챙겨주고 있다. 고양이 사료를 주면 고양이가 아닌 물까치들이 떼로 몰려와서 5분 만에 다 먹어 치우곤 했다. 고양이들에게 밥을 먹일 방법을 고민하다가 사료 그릇을 땅에 묻고 그릇 위를 작은 뚜껑으로 덮어두었다. 고양이들이 앞다리로 쉽게 밀어서 열 수 있는 작은 돌을 뚜껑 위에 올렸다. 새들은 절대 열 수 없을 거라고 생각했다. 하지만 그것은 물까치들을 과소평가한 것이었다. 그들은 무거운 뚜껑을 협동하여 밀어냈다. 새 한 마리의 힘으로는 절대 움직일 수 없는 돌이었지만 협동하여 밀어냈다. 그 어려운 걸 물까치들 여섯이 모여 밀어내는 것을 보았다. 내 눈으로 보고도 믿기 힘들었지만, 그들은 해냈다! 더 신기한 것은 내가 고양이 사료를 주는 장소를 옮겨도 귀신같이 알아낸다는 것이었다. 한 마리의 새가 혼자 알 수 없는 일이었다. 사료 장소가 바뀌었다는 것을 서로 알려주었을 것이다. 그들만의 소통 방식으로 세상에 대한 지식을 함께 공유하고 있었다.

물까치에 대한 자료를 찾아보았다. 학명은 'Cyanopica cyanus'으로 산기슭이나 덤불이 많은 곳, 그리고 인가 근처에서 집단생활을 한다. 우리나라에 비교적 흔한 텃새이다. 사람들이 먹는 음식도 먹고 과일도 좋아해서 과수 농가에서는 쫓아야 하는 새들이기도 하다. 물까치는 사람이 만든 변화된 생활 터전에 잘 적응하여 살아가는 생명이다. 일반적으로 새들은 알이 부화한 이후 천적에게 많은 위험에 노출되기 때문에 성조가 될 때까지의 생존율이 높지 않다. 부모가 사망한 경우에는 더더욱 생존하기가 어렵다. 하지만 물까치들은 많으면 60마리에서 70마리 정도가 무리를 이루어 공동 육아를 하기 때문에 어린 개체들의 생존율이 높다고 알려져 있다. 천적이 물까치들의 생활권 안으로 들어오면 집단 방어를 하는 경우도 많다.

나는 세상에 사람만 산다고 쉽게 착각하고 산다. 아스팔트 도로, 콘크리트 건물, 사람을 위해 만들어진 유리창에 익숙하다. 하지만 이곳에 사람만 사는 게 아니라는 걸 알게 되는 순간들이 있다. 로드킬을 당한 너구리와 고라니, 유리창에 부딪혀 죽은 새들…, 사람들에 의해 삶의 터전을 잃고 멸종 위기에 있는 동물은 무수히 많다. 그 죽음을 접할 때마다 내가 인간이라는 사실이 무력해진다. 여기 이곳의 물까치들은 씩씩하게 잘 살아간다. 사람만 살고 있지 않다는 것을 성공적인 생존으로 증명해주는 이들이다. 무리를 이루어 육아도 공동으로, 싸움도 공동으로 하며 삶을 이어 나가고 있다. 인간을 경계하면서도 인간들이 사는 영역에 적응하여 살아간다.

그래서 나는 아침 산책이 좋다. 사람의 언어로는 표현할 수 없는 물까치들의 여러 소리가 합쳐져 청명한 아침 공기를 꽉 채운다. 내가 이들의 삶에 잠시 깃들어 걷고 있다는 생각이 들면 나의 '인간적인' 고민의 무게가 깃털처럼 가벼워진다. 그리고 오늘도 살아볼 만하다는 생각이 든다.

소리 없는 개

아미를 처음 만난 곳은 전에 일하던 동물병원이었다. 3킬로그램이 안 되는 작고 마른 하얀 강아지가 보호자 품에 안겨 가쁜 숨을 내쉬고 있었다. 담요 밖으로 튀어나온 앞다리가 수직으로 꺾여 바닥을 향해 덜렁거리고 있었다. 누가 보기에도 앞다리 골절이었다. 보호자 설명을 들으니 승용차의 문이 닫힐 때 강아지의 한쪽 앞다리가 그 사이에 끼었다고 했다. 견디기 힘든 통증일 텐데 아미는 동그란 눈을 이리저리 굴릴 뿐 조용했다. 엑스레이를 찍기 위해 다리를 만질 때 날카롭게 몇 차례의 비명을 지른 것을 제외하고는 말이다. 보통 골절되어 오는 동물들은 그 부위에 손만 대도 울부짖을 정도로 고통스러워한다. 하지만 아미는 마치 남의 일을 대하는 듯 묘한 거리감을 보였다. 엑스레이를 찍어보니, 골절된 부분은 뼈가 작은 조각들로 으스러져 있었다. 어느 정도의 고통일까? 상상하기 힘들었다.

원장님이 보호자와 수술 상담을 하는 동안, 나는 서둘러 아미의 다리에 두꺼운 솜과 부목을 대고 붕대를 감았다. 흔들리는 다리를 고정해주기만 해도 통증이 훨씬 줄어든다. 부목을 대는 동안에도 아미는 몸을 격렬하게 흔들며 저항했지만 소리를 내지는 않았다. 고통스러운 비명을 지르는 게 당연한 상황에서 짖지도, 으르렁거리지도 않고 몸만 뒤트는 녀석. 이상한 강아지였다. 다음 날 아미는 골절 수술을 했다. 으스러진 뼈의 끝부분끼리 고정하는 수술이었다. 수술은 잘 끝났고 두 달이 지나 찍은 엑스레이에서 아미의 다리도 단단히 잘 붙어 있었다. 그렇게 치료가 끝난 이후 아미를 다시 볼 일은 없을 줄 알았다.

아미가 다시 병원을 찾은 것은 그로부터 두 달 후였다. 이번에는 뒷다리가 문제였다. 갑자기 오른쪽 뒷다리를 들고 다닌다는 것이었다. 엑스레이를 찍어보니 아미의 뒷다리는 무릎뼈 탈구였다. 개들은 웬만큼 아프지 않으면 통증을 잘 드러내지 않는다. 아예 뒷다리를 들고 다닌다는 것은 지금 상당한 통증을 느끼고 있다는 것이다. 아미는 수술하지 않으면 정상적인 보행이 어려운 상태였다. 이미 오른쪽 대퇴부 근육은 왼쪽 다리에 비해 상당히 위축되어 있었다. 무릎뼈 탈구도 꽤 오래된 것 같았다. 근육 위축이 계속된다면 수술을 한다 해도 재활이 힘들다. 서둘러야 했다.

보호자는 수술을 선뜻 결정하지 못했다. 가장 큰 문제는 보호자의 가족들이 개를 싫어한다는 것이었다. 수술한다고 해도 집에서 아미를 계속 키울 수 없을 것 같다고 했다. 사정을 들어보니 보호자는 펫숍에서 귀여운 강아지를 보고 충동적으로 구매했다. 하지만 가족들의 반대로 함께 사는 공간에 아미를 두지 못하고 입양 직후부터 2층 다락방에서 키웠다고 했다. 당시는 유리창에 살얼음이 생길 만큼 추운 계절이었다. 난방도 안 되는 다락방에서 살고 있었다니. 다시 아미를 쳐다보았다. 예전에도 그랬듯 아미는 소리 없이 조용히 보호자 품에 안겨 있었다.

보호자는 아미를 수술하는 것에 가족들이 동의하지 않을 것이라 했다. 가족들과의 불화에 지쳐 있던 보호자. 수술 비용도 감당하기 힘들고, 수술 이후에 다시 추운 다락방으로 보낼 생각을 하면 막막하다며 눈물을 흘렸다. 원장님은 아미를 병원에서 데리고 있겠노라고 말했다. 보호자에게 아미에 대한 일체의 권리를 포기하겠다는 각서를 받았다. 아미는 그렇게 내가 일하던 병원의 식구가 되었다. 그날부터 아미를 더 가까이에서 보게 되었다. 아미에 대한 애정이 점점 커졌지만 적당한 거리를 두어야겠다 마음먹었다. 이미 집에는 개 한 마리, 앵무새 한 마리, 사람 둘이 살고 있었기 때문에 더 이상의 새로운 식구를 들이고 싶지 않았다.

어느 날 입원장을 정리하던 간호사 선생님이 아미가 똥을 먹는 것 같다고 말했다. 하루에 두세 번 정도 아미 입원장의 똥을 치웠는데, 요즘은 통 확인하지 못했다고. 이상하다고 생각했는데, 아뿔싸! 오늘 아미의 입 주변에 똥이 묻어 있는 것을 보았다는 것이었다. 아미는 거의 종일 좁은 입원장에 갇혀 있어야 했다. 활력이 넘치는 어린 강아지에게는 뛰어다닐 수 있는 공간과 녀석에게 사랑을 줄 존재가 필요하다. 똥은 매일 생산된다. 에너지가 넘치는 아미가 지루한 일상을 버티는 방법은 규칙적으로 만들어지는 똥을 가지고 놀고 혹은 먹기도 하는 것이었다.

아미를 아끼는 병원 식구들이었지만, 정신없이 바쁜 병원에서 아미만을 챙길 수는 없었다. 진료가 한가할 때 입원장 문을 열어 쓰다듬어주고, 잠시 꺼내서 안아주는 것만으로 아미의 정신 건강을 챙기기는 역부족이었다. 진료가 없는 때에 잠시 아미를 병원 복도에 내어놓으면 아미는 좋아서 정신없이 뱅글뱅글 돌다가 병원 복도를 쏜살같이 뛰어다녔다. 나를 쫓아다니다가 내 신발 위에서 잠들기도 했다.

점점 아미와 가까워지면서 휴무에 집에 있을 때도 자꾸 아미의 얼굴이 떠올랐다. 오늘도 아미가 똥을 먹었을지, 오늘은 누가 입원장을 열어 얼굴을 쓰다듬어주었을지 궁금했다. 입원장은 아주 좁아서 쉬는 곳과 배변하는 곳이 분리되지 않는다. 그러니 똥도 쉽게 먹게 되는 것이다. 아미에게도 쉬는 곳과 배변하는 곳이 분리된 공간을 주고 싶었다. 같이 산책하며 계절 냄새가 실린 바람을 마시게 해주고 싶었다. 이런 마음을 나와 함께 사는 가족에게 조심스럽게 전달했다. 병원으로 와서 아미를 만나본 이후 나의 가족은 아미를 집으로 데려가기로 단번에 결정했다. 내 오랜 고민이 무색한 반응이었다. 사실 아미를 직접 보면 그럴 것이라고 내심 예상하고 있었다. 그래서 우선 병원에 가서 아미를 보고 입양 여부를 결정하자고 말한 것이었다. 그렇게 아미는 우리 집으로 오게 되었다.

집에 와서 오랫동안 아미를 지켜보니 특이한 점이 있었다. 아미는 낑낑거리지 않는 강아지였다. 원래 우리 집에 살던 강아지는 원하는 것이 있으면 낑낑거린다. 들어가기를 원하는 방문이 닫혀 있을 때, 먹고 싶은 것이 있을 때, 내 무릎 위로 올라오고 싶을 때마다 녀석은 낑낑거린다. 아미는 달랐다. 원하는 것이 있어도 결코 소리를 내지 않는다. 그저 자기가 원하는 것 앞에 서서 가만히 나를 쳐다본다. 소리를 내지 않기 때문에, 아미가 원하는 것을 알아차리기까지 시간이 꽤 걸린다. 왜 소리를 내지 않는 걸까?

돌이켜 생각해보니 처음부터 아미는 이상할 정도로 조용했다. 낑낑거리는 소리는 태어나자마자 내는 강아지의 소리이다. 사람도 신생아들은 기저귀가 젖었을 때, 배가 고플 때 울음을 터뜨린다. 울면 누군가가 와서 자신의 욕구를 채워준다는 것을 학습한다. 아미도 처음에는 낑낑댔을 것이다. 하지만 아미는 펫숍의 투명 유리창에서 왔다. 새로운 보호자에게 입양된 직후에도 다락방에서 살아야 했다. 낑낑대도 아무 소용이 없다는 걸 체득하게 된 건 아닐까? 더 낑낑대도, 조금 더 크게 울어도 아무도 들여다보지 않았을 것이다. 그런 상황이 반복되면서 아미는 울어봤자 아무것도 변하지 않는다는 것을 깨달았을 것이다. 그렇게 아미는 소리 없는 개가 되었다.

아미와 함께 산 지도 9년이 넘었다. 아미는 지금도 잘 울지 않는다. 원하는 것이 있을 때는 우리가 쳐다봐주기를 기다리며 멀리서 우리를 바라본다. "아미야, 어딨어?" 이름을 부르면 뛰어와서 격렬하게 꼬리를 흔든다. 소리는 안 내지만, 꼬리는 말하고 있다. 지금 아미가 엄청 신났다는 것을. 아미는 장난감 놀이를 좋아한다. 좋아하는 장난감을 물고 오면 우리는 그걸 던져주고 흔들어준다. 그럼에도 놀아달라고 낑낑대지 않는다. 그저 장난감 앞에 서서 우리가 봐줄 때까지 기다린다. 우연히 아미와 눈이 마주치면 깜짝 놀란다.

"너, 얼마나 오랫동안 거기에서 기다린 거야?"

장난감을 손에 쥐고 아미와 놀아줄 준비를 하면 녀석은 신나서 뱅글뱅글 돈다. 장난감을 던져주면 공중제비를 돌며 장난감을 물고 뜯고 정신없이 논다. 격렬한 놀이에 숨이 차도, 숨소리만 헉헉 낼 뿐 소리 내지 않는 아미. 동영상을 촬영하면 음소거 모드로 착각할 만큼 조용한 아미.

아미야. 우리가 더 자주 너를 찾을게. 너무 많이 기다리지 않게 이름도 더 자주 부르고 너와 눈을 맞출게. 근데 아미야, 너도 하고 싶은 말 있을 때 기척을 조금만 내주면 안 될까?

온 힘으로 살아가는 중입니다

오랜만에 가장 가까운 대도시로 나들이를 갔다. 좋아하는 칼국수 집이 있는, 차가 다니지 않는 고즈넉한 골목을 다니면서 작은 가게나 화랑을 구경하는 재미가 있는 곳이다. 시내의 어디를 가더라도 병원 보호자를 만나기 쉬운 소도시에 사는 나에게 대도시는 익명성이 그리울 때 찾는 곳이기도 하다. 그날 점심은 맛집으로 검색해서 찾은 빵집에서 해결하기로 했다. 음료와 빵을 사서 M과 함께 큰 은행나무 밑 벤치에 앉았다. 주변을 돌아보니 주변에 비둘기들이 많았다. 어림잡아 스무 마리는 되어 보이는 비둘기들이 과자 부스러기, 빵 조각 등을 쪼아 먹고 있었다. 내가 앉은 벤치 끝에는 흰색 비둘기도 같이 앉아 있었다.

'어라? 나와 꽤 가까이 앉아 있네? 배가 고픈가?'

빵부스러기를 조금 주자 허겁지겁 쪼아 먹었다. 자세히 보니 비둘기는 한쪽 다리를 들고 있었다. 새들은 자거나 쉴 때 에너지 소모를 줄이고 체온 유지를 위해 한 다리를 접고 나머지 한 다리로 서 있다. 하지만 이 비둘기는 빵 조각을 먹을 때에도 한 다리를 접고 나머지 한쪽 다리로만 뛰어다니고 있었다. 비틀거리다가 넘어지기도 했다. 먹던 빵조각을 벤치 위에 흘리자 네다섯 마리의 비둘기가 날아들어 왔다. 벤치 위 떨어진 빵 부스러기를 다른 비둘기들이 허겁지겁 쪼고 있는데 처음 보았던 흰색 비둘기가 보이지 않았다. 어디로 갔는지 찾아보니 벤치 밑 어두운 곳에서 조용히 눈만 굴리고 있었다. 역시 한 다리만으로 서 있었다. 다른 비둘기들이 갑자기 날아와서 벤치 위를 점령하니 자기 자리를 찾지 못하고 떨어져 버린 것 같았다. 그때 M이 말했다.

"자세히 봐봐. 저 비둘기 다리에 뭐 달려 있지 않아?"

접고 있는 한쪽 다리 끝에 검정 끈이 짧게 매달려 흔들리고 있었다. 다리가 불편하다면 제대로 된 비행 능력은 있는 걸까? 조심스럽게 벤치 밑으로 손을 뻗었다. 푸드덕하고 날아갔다. 멀리 날아가지는 않았지만 문제는 없어 보였다. 몇 차례 움직이도록 자극해보니 벤치와 낮은 나뭇가지로 날아올라 앉는 모습은 양호해 보였다. 먹을 것을 주면 먹으려고 한쪽 다리로 콩콩 뛰어왔지만 다른 비둘기들이 워낙 빠른 속도로 걸어오니 매번 경쟁에서 밀렸다. 다른 비둘기들에 비해 몸집이 작고 말라 보였다. 털 상태도 매끄럽지 않고 지저분했다. M과 나는 비둘기를 괴롭히는 끈을 제거해주고 싶었다. 새들을 잡는 가장 안전한 방법은 부드러운 천으로 새의 몸 전체를 감싸 안는 것이다. 맨손으로 새의 몸을 잡으려다가 날개가 뒤틀려 다칠 수도 있고, 부리와 발톱에 찍혀 사람이 다칠 수도 있다. 그날 나는 셔츠를 입고 있었는데 비둘기를 감싸기에 좋은 가볍고 부드러운 천이었다. 옷을 손에 쥐고 주변의 동태를 살폈다.

비둘기들이 함께 있는 공간에서 옷을 휘두르면 안 된다. 갑자기 여러 마리가 날아오르면 우리가 원하는 새를 찾을 수 없다. 그 흰 비둘기만 무리에서 떨어지도록 상황을 만들어야 한다. 우리는 거리를 둔 상태에서 천천히 그 녀석이 무리에서 멀어지는 모습을 지켜보며 따라갔다. M은 빵 부스러기를 녀석 앞에 조금씩 떨어뜨렸다. 무리에서 더 멀어지게 하려는 의도였다. 나는 옷을 허리 뒤에 숨긴 채 녀석이 알아채지 못하게 조심스럽게 다가갔다. 비둘기의 시야는 사람보다 훨씬 넓다. 섣불리 다가갔다가 놓치기 쉽다. 거의 다 왔다. 심장이 밖으로 튀어나오기 직전이었다. 빵 부스러기를 더 많이 한꺼번에 주라는 나의 수신호를 보고

M이 긴장된 표정으로 마지막 빵을 뿌렸다. M의 눈은 이렇게 말하고 있었다. '마지막 빵이야. 한 번에 성공해야 해!'

녀석은 빵 조각을 먹느라 정신없었다. 지금이다. 나는 허리 뒤에 숨긴 셔츠를 최대한 바닥에 붙이고 다가가서 녀석의 몸 위로 덮었다. 그리고 몸부림치지 못하도록 부드럽게 몸을 감싸 안았다. 정신을 차려보니 장기를 두던 어르신들이 우리 옆에서 박수를 치고 계셨다. 열 명이 넘는 사람이 주변을 둘러싸고 나와 내 셔츠 안의 생명을 내려다보고 있었다.

"잡혔네, 성공이야!"
"그런데 비둘기를 왜 잡아?"
"다리에 끈이 감겨서 풀어주려고요."
"어이구. 좋은 일 하네."

새를 안정시킬 때는 눈을 가리는 것이 좋다. 낯설고 불안한 상황을 보면 더 흥분해서 발버둥 치다가 다칠 수 있기 때문이다. 셔츠를 조심스럽게 들추어 눈을 가린 상태에서 발만 노출을 시켰다. 내 손 안의 작은 생명체가 "꾸우"

하는 작은 소리를 내다가 곧 조용해졌다. 저항하지 않고 나에게 몸을 맡겼다. 얕고 가쁜 숨이 느껴졌다. 작고 여린 온기가 손바닥으로 전해졌다. 자세히 보니 발가락 상태가 심각했다. 검은 나일론 실이 발가락 하나를 단단히 동여맸고, 실에 감긴 발가락 끝 쪽은 일부가 이미 검게 변해 있었다. 실은 발목 위까지 칭칭 감겨 있었다. 새들은 자기 몸에 불편한 것이 있으면 계속 부리로 그 불편함을 제거하려 한다. 나일론 실은 비둘기가 부리로 제거하기에는 너무 질겼고, 떼어내려고 잡아당길수록 녀석의 발을 더 단단하게 옥죄었을 것이다.

점점 비둘기 흉곽의 오르내림이 빨라졌다. 야생동물은 사람과의 접촉 자체가 큰 스트레스이다. 빨리 풀어주고 싶었지만 나일론 실이 뒤죽박죽 엉켜 있어서 풀어내는 것이 만만치 않았다. 땀이 흘러 눈이 따가웠다. 머리를 들어 도움을 요청했다. 나를 바라보는 장기 두던 분들에게 큰 소리로 외쳤다.

"날카로운 거 가지고 계신 분! 칼이나 가위, 손톱깎이라도요!"

웅성웅성하던 어르신들이 서둘러 어딘가로 뛰어가시더니 벤치 옆 구두 가게에서 영업 중이시던 사장님을 데려왔다.

"여기 이거면 되겠는가?"

사장님의 손안에 들려 있는 것은 내가 찾던 바로 그 물건이었다. 딱 나일론 실을 끊기 좋은 짧은 구두칼이었다. 그 칼로 조심스럽게 나일론 줄을 두세 번 끊어내니, 거짓말처럼 줄이 스르르 풀렸다. 끈을 제거하고 조심스럽게 녀석을 감싼 채로 옆으로 걸어갔다. 자신을 감싸고 있던 천이 사라졌을 때 많은 사람이 쳐다보고 있으면 놀랄 수 있다. 어르신들의 관심을 뒤로하고 100미터가량 걸어갔다. 사람이 적고 시끄러운 소리가 먼 곳까지 걸어가서 옷을 걷으니 멀뚱멀뚱 제자리에 서서 주위를 쳐다보다가 이내 푸드덕하고 옆에 있는 나뭇가지로 날아가 앉았다. 코끝이 찡했다.

그동안 잘 버텨주었어. 다 포기하고 싶진 않았어? 길 위에서 사는 것이 참 쉽지 않았을 텐데 말이야. 싫다는 사람들도 많았을 텐데. 무섭다고 도망가거나 더럽다고 돌 던지는 사람도 있었겠지. 그래도 추운 겨울, 뜨거운 여름을 지나고도 이렇게 살아 있어 줘서 고마워. 나도 열심히 살게.

너처럼 하루하루 잘 살아볼게.

처음 본 하늘

비가 조금씩 흩뿌리는 고속도로였다. 차 안 보조석에 앉은 나는 조용한 음악을 들으며 멍하니 창밖을 바라보고 있었다. 큰 소리를 내며 옆 차선으로 지나가는 트럭이 보이는가 싶더니 짧은 순간 닭과 눈이 마주쳤다. 반사적으로 창문을 열었다. 심장이 쿵쿵 빠르게 뛰었다. 굉음과 함께 차가운 빗물이 얼굴을 때렸다. 트럭은 닭들을 싣고 달리고 있었다. 노란색 플라스틱 상자들은 트럭 위에 10층 정도로 위태롭게 쌓여 흔들리고 있었다. 높게 쌓인 상자들 안에 닭들이 가득 차 있었다. 빽빽한 중앙 부위에서 밀려난 닭들의 날개와 목은 상자 밖으로 삐져나와 있었다. 닭 털은 플라스틱 상자의 모든 틈새로 삐져나와 바람에 나부끼며 어지럽게 펄럭였다. 시속 100킬로미터 이상으로 달리는 트럭 전체에 깃털 장식을 해놓은 것 같았다. 닭 한 마리와 눈이 마주친 것은 찰나였다. 나와 눈을 맞춘 닭은 목과 얼굴만 밖으로 나와 움직이지 못하고 있었다. 얼굴의 짧은 깃털들이 바람 때문에 사방으로 흔들렸고 그 짧은 깃털 사이 검은 눈동자가 보였다. 닭은 좌우 측면으로 얼굴을 반복적으로 돌려 하늘을 바라보려 애쓰고 있었다.

그 순간 마음 깊은 곳으로 날카로운 무언가가 날아와 깊숙하게 꽂혔다. 그 닭은 내 반려조가 하늘 위를 바라보려 할 때 하는 행동을 하고 있었다. 트럭 안의 닭이 사랑이와 다르지 않은 생명체라는 것을 단숨에 알았다. 나와 함께 사는 새는 온기가 있는 생명체이다. 저 닭도 그런 생명체이다. 굉음 속에서 찬비를 맞는 트럭 안의 닭들도 분명 살아 있다. 고통을 느끼고 있다. 명치를 세게 한 대 맞은 것처럼 숨이 턱 막혔다.

맹금류를 제외한 새들 대부분은 머리 위를 쳐다볼 때 머리를 좌우 측면으로 움직이며 한쪽 눈만 사용하여 하늘을 본다. 천적의 위험을 피하기 위해서, 이들의 눈은 머리 측면에 위치해 있고 덕분에 넓은 시야를 갖는다. 하지만 눈을 움직일 수 있는 근육 발달이 덜 되어서 머리 위의 상황을 파악하려면 눈이 아닌 머리를 좌우로 움직여야 한다. 사랑이 역시 자기보다 높은 곳을 쳐다볼 때 트럭 위의 닭과 똑같은 방식으로 하늘을 본다. 앵무새를 입양하고 처음 이 행동을 봤을 때 신비로운 마음에 가슴이 뛰었다. 개나 고양이가 목을 뒤로 젖혀서 두 눈을 사용하여 머리 위를 보는 것과 완전히 달랐기 때문이었다. 날개로 날 수 있으면서도 두 다리로 땅을 딛는 새들에 대해 수의대에 다닐 때부터 경외심을 갖고 있었다. 매끄러운 깃털로 덮인 날렵한 몸체는 아름다웠고, 특별한 소리를 내는 그들의 의사소통에 대해 더 배우고 싶었다. 새들은 사람보다 우주의 비밀을 더 많이 알고 있는 것처럼 느껴졌다.

고속도로에서 닭을 보았을 때 이상한 느낌이 들었다. 사랑이는 지금 따뜻한 집에서 해바라기 씨앗을 부리로 딱딱 까먹고 있거나 횃대 위에서 좋아하는 나무 조각 장난감을 씹고 있을 것이다. 하지만 같은 시간 고속도로 트럭 위에서 닭들은 고막이 찢어질 듯한 굉음과 바람, 얼음처럼 차가운 빗방울을 버티고 있었다. 이런 수송 방식은 고문이고 학대다. 사랑이가 겪지 않아도 될 고통을 닭들이 겪는 것은 당연한가? 어차피 곧 도축될 닭들이기 때문에 눈감아도 되는 일인가? 그렇지 않다는 소리, 닭들도 그 고통을 받으면 안 된다는 내면의 소리가 계속 마음에 울렸다.

사랑이를 가족으로 받아들이고 산 지도 10년이 훌쩍 넘었다. 잔병치레가 많은 예민한 앵무새의 건강 상태를 늘 살피는 것이 이제는 익숙해졌다. 사랑이를 새장 밖으로 꺼내어놓으며 하루를 시작한다. 그때 확인한다. 밤새 바닥에 싸놓은 똥오줌 상태는 어떤지, 어제 자기 전에 떠놓은 물과 먹을 것은 얼마나 줄었는지, 새장을 열면 성큼성큼 걸어 나오는지 아니면 구석에서 나오지 않고 깃을 부풀리고 있는지를 본다. 겨울철이면 감기에 걸리는 일도 잦아서 코 주변 깃털이 콧물로 젖었는지, 재채기하는지도 살핀다. 사랑이가 눈을 떴을 때 눈 주변 피부의 주름 정도, 눈의 크기, 깃털을 세운 정도, 날갯짓하거나 걷는 모양과 속도 등 이 모든 것들이 사랑이의 상태를 짐작하게 한다. 목소리 톤과 억양은 사랑이의 마음을 읽는 데 가장 많은 힌트를 준다. "꺡꺡!" 하는 짧은 소리는 지금 상태가 불편하니 빨리 개선해달라는 것, "꾸우우" 하는 부드러운 소리는 지금이 만족스럽다는 뜻, "까꿍?" 하는 장난기가 담긴 짧은 음절은 자기가 신이 나니까 같이 놀자는 것이다. 이것들이 내가 아는 사랑이의 마음들이다.

나만 사랑이를 보는 것은 아니다. 사랑이도 나를 본다. 우울감이 밀려와 손 하나 까딱하기 힘든 그런 밤이 있다. 그럴 때면 사랑이는 내 손가락 위에 올라가서 손톱을 부드럽게 정리해주고 머리카락을 한 올 한 올 정성껏 부리로 쓸어준다. 긴장되었던 몸과 마음이 천천히 이완된다. 그런 날은 평소와 달리 나에게 별다른 요구도 하지 않는다. 같이 사는 동안 사랑이도 내 마음을 잘 읽게 된 것 같다. 새와 하는 교감은 참 특별하다. 다른 어떤 것으로도 대체 불가능하다. 새에게도 마음이 있다는 것을 나는 자연스럽게 알게 되었다.

그래서였을까? 좌우로 얼굴을 돌려 하늘을 보려 애쓰던 닭이 극도의 불안과 공포를 느끼고 있다는 걸 나는 바로 알았다. 태어나서 처음 본 하늘이었을지 모른다. 그 닭에게는 하늘이라는 것이 회색 먹구름과 찬 빗방울, 광풍과 굉음으로 기억되겠지. 그렇게 흰 구름이 떠 있는 푸른 하늘을 한 번도 본 적 없이 도축될 것이다. 어디로 가고 있는지 이 굉음이 무엇인지 이 고통이 언제 끝나는지 알 수 없는 상태에서 그 닭이 할 수 있는 일이라곤 하늘을 쳐다보는 것뿐이었다. 고속도로에서 보았던 트럭 위의 광경은 지옥이었다.

나는 오랫동안 치맥을 좋아했고 치킨너겟도 자주 먹어왔다. 하지만 그날 이후로 닭고기를 보면 이제는 다른 생각이 들었다. 예전에는 부드럽다거나 바삭하다는 식의 맛과 관련된 표현이 생각났다면, 지금은 치킨이 되기 전의 닭을 생각한다. 고기가 되어 정육코너로 오기 전에 이 닭도 트럭 위에서 처음 하늘을 봤을지, 그런 생지옥을 경험했을지 궁금해졌다. 닭과 관련된 일반적 이미지들을 살펴보니 대부분 치킨 광고였다. 바삭하다, 바비큐 맛이다, 마늘 맛이다, 간장 맛이다, 순살이다 등등. 모두 고기 맛에 대한 표현들이었다. 고기가 되기 전 살아 있는 닭과 관련해서는 생각해 볼 만한 기회가 거의 없었다.

퇴근 후 뉴스를 보려고 채널을 돌릴 때면 한 시간 안에 치킨 광고를 적어도 네다섯 편을 볼 수 있었다. 맛있는 닭고기에 대한 현란한 이미지들이 쏟아진다. 기름에 튀기는 장면, 바삭한 튀김옷을 씹는 소리, 멋진 연예인들이 맛있게 먹는 모습. 모든 장면이 바로 휴대전화를 열어 치킨을 주문하도록 유혹하고 있었다. 특히 저녁 광고 황금 시간대에는 채널을 어디로 돌려도 치킨 광고가 흘러나왔다. 광고의 폭격이었다. 머리가 지끈거려 텔레비전 전원을 껐다. 닭에 대한 정보 대부분이 닭고기에 대한 것인 상황에서 고기 이전의 닭을 상상하기는 어려웠다.

그날의 만남은 나에게 고기가 되기 전의 닭의 생명을 보여주었다. 튀김 옷을 입고, 소스를 뒤집어쓰기 전에 닭은 고속도로에서 날개가 꺾인 채로 하늘을 보려고 애쓰던 새였다. 수의사이기 때문에 동물의 감정을 읽는 게 습관이 되어 닭에게도 쉽게 공감했을 것이다. 한집에 사는 앵무새도 닭과 치킨 사이의 틈새를 보게 도와주었다. 갑작스러운 비일상과 정면으로 마주했던 그 순간 이후 더는 일상이 편안하지 않았다. 치킨 광고를 보는데 자꾸 닭이라는 새가 떠올랐다. 별생각 없이 지나쳤던 치킨집 간판에서 환하게 웃으며 엄지손가락을 치켜세운 닭의 캐릭터가 마음을 불편하게 했다. 닭은 치킨이기만 한 것은 아니었다. 어찌 보면 우리가 좋아하는 치킨도 마음이 있었다. 행복한 상태를 좋아하고, 고통과 통증에 괴로워하는 마음. 나의 마음과 크게 다르지 않은 그 마음 말이다.

그렇게 어른이 되었다

노란 솜털들이 움직이고 있었다. 학교를 마치고 집에 가는 길이었다. 삐악삐악, 예쁜 소리를 내고 있었다. 주머니에 있던 동전 한 개를 망설임 없이 내고 솜털 중 하나를 받아 안았다. 동전 하나에 한 생명이 나에게 건네진다는 것이 좀 이상했지만 망설일 시간은 없었다. 나에게 온 이 노란 빛을 누가 빼앗아 갈 것 같았다. 노란 털 뭉치를 소중히 안고 집으로 뛰어왔다. 병아리는 당시 문방구에서 팔던 설탕이 잔뜩 붙은 신호등 사탕과 같은 가격이었다.

처음 보는 그 생명체는 환희 자체였다. 말도 안 되게 아름다운 노란 솜털이 온몸을 덮은 아이는 반짝거리는 눈으로 나를 쳐다보고 있었다. 이렇게 아름다운 존재를 가까이서 보는 건 처음이었다. 상자 안에 병아리를 넣어두고, 한쪽에 병아리와 함께 받아온 사료를 간장 종지에 담아 주었다. 다음 날, 병아리는 어제보다 힘이 없어 보였다. 삐악거리는 소리도 작아졌고, 눈을 반쯤 감고 꾸벅꾸벅 졸았다. 먹는 것에도 관심을 보이지 않았다.

베란다에 있던 상자를 거실로 들여왔다. 아직 바깥 공기가 찼다. 거실에 있던 전기난로를 켜고 그 앞으로 병아리를 옮겨 놓았다. 5분 정도가 흐르자 병아리는 거짓말같이 활기를 되찾았다. 반쯤 감겨 있던 눈이 동그랗게 커졌고, 입을 크게 벌리며 어제처럼 삐악거렸다. 하지만 난로를 끄면 바로 눈을 감고 다시 졸기 시작했다. 게다가 병아리는 아무것도 먹지 않았다. 피아노 학원에 가야 할 시간이 다가오고 있었다. 마음이 초조해졌다. 학원에 있는 동안 병아리가 더 아플 것 같았다. 학원에 가기 싫었지만, 빨리 학원을 마치고 와서 병아리를 보자고 마음을 고쳐먹었다. 안방으로 병아리 상자를 옮겨 제일 두꺼운 요 위에 상자를 올리고 얇은 담요로 위를 덮어두었다.

하농을 연습하며 손가락을 풀 때 병아리 생각에 마음이 조급했다. 상자가 너무 좁은 건 아닐까? 하농이 끝나고 체르니를 칠 때에도 노란 털만 생각나서 눈물이 핑 돌았다. 마지막 곡이 남았다. 이것만 치면 병아리를 볼 수 있다는 생각으로 건반에 손을 올리는데 갑자기 큰 사이렌 경보음이 울렸다. 내가 치던 피아노 소리는 사이렌 소리에 가볍게 묻혔다. 피아노 선생님이 뛰어오시더니 모두 의자 밑으로 들어가서 움직이지 말라고 했다. 민방위 훈련이었다. 학교에서 자주 했던 훈련이라 큰 감흥은 없었다. 학원 안의 우리는 큰 사이렌 소리에도 누구 하나 놀라지 않았다. 의자 밑으로 기어들어 웅크리고 앉았다. 배웠던 대로 자동으로 손을 올리고 머리를 감쌌다.

머릿속에는 온통 병아리 생각뿐이었다. 민방위 훈련이라면 지겹도록 해왔기 때문에 다른 날이면 100시간이라도 의자 밑에 앉아 있을 수 있다. 하지만 이번엔 달랐다. 오늘은 나한테 특별한 날인데, 다른 날과는 정말 다른 날인데, 병아리가 있는 날인데! 용기 내어 의자 밑을 박차고 나와서 원장 선생님 방으로 달려갔다. 아픈 병아리가 집에 있는데 봐줄 사람이 없으니 집에 보내달라고 간곡하게 부탁했다. 당황한 기색이 역력한 선생님은 나를 소파에 앉히고는 훈련이 끝날 때까지는 절대 집에 갈 수 없다고 했다. 나를 달래려는 듯 우유에 빨대도 꽂아주었다. 화가 났다. 지금 우유 마실 때가 아닌데, 병아리를 보러 집에 가야 하는데…, 내가 제일 좋아하는 딸기 우유였다. 우유를 조금 마시며 학원 소파에서 꾸벅꾸벅 졸았다. 꿈에서도 병아리를 생각하고 또 생각했다.

졸다가 깨니 사이렌 소리는 끝나 있었다. 학원 안에는 불협화음이 가득했고, 나는 학원 소파에 누워 있었다. 누구를 향해야 할지 모를 슬픔과 절망이 솟아올랐다. 병아리가 아픈데, 편하게 소파에서 자고 있던 나에게 분노가 치밀었다. 심장이 터질 것같이 전력 질주해서 집으로 뛰어갔다. 신발도 제대로 벗지 못하고 서둘러 병아리가 있는 안방으로 가 상자를 열었다. 학원에 가기 전에는 분명 두 다리로 바닥을 딛고 서 있었는데, 병아리는 그 안에서 옆으로 누워 있었다. 그 상태로 눈을 가늘게 뜨고 있었다. 아직 살아 있는 것 같았다. 병아리의 몸을 조심스럽게 안아서 난로 앞으로 안아 들었다. 이내 병아리의 몸이 딱딱하게 굳어가기 시작했다. 노란 솜털 안에 있던 생명이 빠져나가는 걸 손바닥의 감각으로 생생하게 느꼈다. 아름다움이 이렇게 딱딱해진 몸 안에 갇히는구나. 생명이 이렇게 사라지는구나. 죽음이 낙인처럼 내 손바닥에 각인되었다. 나 때문에 병아리가 죽었다니. 민방위 훈련만 아니었다면 살 수 있었는데, 피아노 학원만 가지 않았다면 살아 있었을 텐데. 병아리가 죽어갈 때 내가 딸기 우유를 마시고 있었다니…, 죄책감에 아무것도 할 수 없는 며칠이 흘렀다.

시간이 오래 지나고 난 후, 나는 다시 초등학생의 일상을 살았다. 학교를 마치면 피아노 학원에 갔다. 밥도 먹고 저녁에 텔레비전에서 하는 만화 영화도 보았다. 하지만 나는 알고 있었다. 내 마음속에서 반짝거리던 빛 하나가 영원히 꺼졌다는 것을. 그 빛은 다시 켜질 수 없다. 그러곤 마음속 반짝이는 빛 따위 없어도 살아진다는 것을 어렴풋이 깨달았다. 그런 일상은 대부분 우울하리라는 것도. 학교 앞에서 좌판을 놓고 병아리를 파는 사람이 보이면 나는 일부러 멀리 길을 돌아서 집으로 왔다. 내 마음을 보호하기 위해 열한 살의 내가 할 수 있는 일은 그것뿐이었다.

어른이 되고 나서 알았다. 알을 낳지 못하고 육계로서의 생산성이 떨어진다는 이유로 많은 수평아리가 태어나자마자 도태되고 있었다. 산채로 분쇄기에서 갈려 다른 동물의 사료가 되거나, 마대에 넣어 압사되고 있었다. 그 잔인함에 구역질이 날 것 같았지만 구역감을 삼키고 나니 일상은 또 꾸역꾸역 살아졌다. 어렸을 때는 병아리 한 마리의 죽음으로 온 세상이 흔들렸는데, 지금은 병아리 대량학살 소식에도 잠깐 슬프고 만다. 나는 그렇게, 내가 싫어하던 어른이 되었다.

미뤄둔 질문

근처 고등학교의 한 학생이 병원으로 전화를 했다. 쥐의 피를 뽑아줄 수 있냐고 물었다. 이유를 물으니 학교에서 과학 동아리 활동을 하고 있는데, 과제를 위해 쥐를 대상으로 한 실험을 계획 중이라고 했다. 햇빛을 못 보게 한 쥐의 혈액 속 칼슘 농도를 측정하는 실험이었다. 이를 위해 쥐를 차광 상자 안에 3, 4주 동안 가둬둘 생각이라고도 했다. 비타민 D가 포유동물의 칼슘 대사 조절에 관여한다는 것, 그리고 비타민 D의 일부가 자외선을 통해 동물의 피부에서 합성된다는 것은 수업 시간에 배운 내용이었을 테지만, 그 학생은 햇빛을 차단하면 쥐에게 칼슘이 부족해진다는 것을 눈으로 확인하고 싶은 것 같았다.

현재 초중고등학교에서의 동물 해부는 모두 법으로 금지하고 있다. 하지만 해부가 아닌 동물 실험은 가능하다. 그렇다고 해서 이미 배워서 알고 있는 과학적 사실을 확인하기 위해 한 생명에게 고통을 줘도 되는 걸까? 몇 주 동안 갇혀야 할 쥐를 생각하니 괴로웠다. 동물에게 고통을 주지 않는 다른 실험 주제와 방법을 생각해보도록 권했다. 몇 초 동안 수화기 건너편은 조용했다. 작은 목소리로 알겠다고 하고 학생은 전화를 끊었다. 그러자 심장이 빨리 뛰기 시작했다. 잊은 줄 알았던 기억이 떠올랐다.

수의대 학생 시절이었다. 실험동물학 실습을 하는 날이었다. 이론 시간에 책에서 봤던 실험용 쥐를 처음 본 날이기도 했다. 실험 테이블마다 투명한 플라스틱 통 안에 쥐가 한 마리씩 들어 있었다. 머리부터 꼬리까지 부드러운 흰 털이 있었고 작게 솟은 하얀 귀 안의 얇은 피부로 가느다란 혈관이 보였다. 초봄의 여린 나뭇잎 같았다. 공기 중의 냄새를 맡으려고 분홍색 코를 높이 들어 올렸다.

먼저 보정 방법을 배웠다. 사람과 동물 모두 다치지 않게 안전하게 동물을 잡는 훈련이었다. 쥐의 털은 너무 부드러워서 쉽게 손에서 미끄러졌다. 실습을 시작했을 때만 해도 자취방에서 키우곤 했던 햄스터를 보는 듯 분위기가 가벼웠다. 하지만 몇 명의 학생들이 쥐에게 물려 손가락에 상처가 나면서 긴장감이 돌았다. 쥐의 꼬리와 목에서 채혈하는 실습을 하면서부터는 교실 안에서 웃음이 사라졌다. 실험동물 보정은 처음 해보는 서툰 학생들이었다. 우리는 서툴렀고 녀석들은 살기 위해 몸부림쳤다. 바늘이 피부로 들어가면 쥐의 몸부림은 더욱 심해졌다.

마지막 실습은 경추 탈골이었다. 경추 탈골은 1번 경추와 2번 경추를 분리시켜 안락사하는 방법이다. 쥐의 머리와 몸통을 잡고 각각 반대 방향으로 강하게 당겨야 했다. 조교 선생님은 실험동물의 고통을 최소화하기 위해 한 번에 성공해야 하며 쥐의 척추를 일직선이 되도록 잡아야 한다고 알려주었다. 강하게 당겼을 때 마지막에 드르륵 진동이 느껴지면 그것이 1번과 2번 경추가 분리되는 것이라고 했다. 머리털이 쭈뼛 서는 것 같았다. 수의대에서 동물을 사망에 이르게 하는 실습은 처음이었다. 우리 조의 한 학생에게 흰 쥐가 쥐어졌다. 머리와 몸통을 잡고 반대 방향으로 힘껏 당겼다. 쥐는 고통스러운 소리만 지를 뿐 죽지 않았다. 계속 당기니 비명이 작아졌다. 서툴게 당겼으니 경추 분리가 되지 않은 상태에서 목이 졸려 질식사했을 수도 있겠다는 생각이 짧게 스쳤다. 조교 선생님이 쥐를 만져보더니 아직 경추 분리가 안 되었으니 다시 해보라고 했다. 이미 쥐는 몸이 축 늘어져 발만 짧게 진동하듯 떨리고 있었다. 조원에게 다시 쥐가 맡겨졌다. 가만히 두어도 곧 세상을 떠날 듯이 숨만 붙어 있었다. 우리 조원은 손가락에 힘을 주어 머리와 몸통을 잡았다. 몇 명은 고개를 돌리거나 눈을 감았다. 나도 그 장면을 볼 수 없었다. 작은 비명이 잠깐 들리는 듯하다가 곧 멈추었다. 모두 숨을 죽였다. 쥐의 사체와 실습 도구를 반납하고 우리는 교실 밖으로 나왔다.

실습이 끝나고 화장실에 가서 찬물로 세수했다. 바로 아르바이트를 가야 했고 다음 날 1교시에는 시험이 있었다. 물방울이 뚝뚝 떨어지는 거울에 비친 내 얼굴이 낯설었다. 몸부림치던 쥐의 비명이 귓가에 쟁쟁했다. 서둘러 수의대 건물을 빠져나왔다. 한 생명을 우리 손으로 죽였는데도 똑같은 일상이 이어진다는 것이 부조리하게 느껴졌다. 아르바이트를 가기 위해 정류장에서 버스를 기다리는데 옅은 구역감이 느껴졌다. 시험이 끝나고 자취방에서 엉망으로 취할 때까지 혼자 술을 마셨다.

당시 나는 아슬아슬한 일상을 지키기 위해 애쓰고 있었다. 학교생활은 수의대 입학 이전에 몸담았던 시민단체의 분위기와 아주 달랐다. 이전에 경험했던 다른 대학 생활과도 달랐다. 거의 매주 크고 작은 시험들을 봐야 했는데 한가롭게 대학 생활을 즐기다가는 졸업도 못 하겠다는 위기감이 들었다. 동물에 대해 배우는 학과인 만큼 동물을 직접 이용하는 교육 방법이 많았고 그때마다 윤리적인 고민이 나를 따라다녔다. 하지만 반에서 특이한 사람으로 낙인찍히기 싫었다. 늦은 나이에 시작한 공부에서 다른 사람에게 뒤처지기도 싫었다. 성적과 공부를 위해 정작 중요한 고민을 미루고 있다는 생각이 들 때면 자괴감이 밀려왔다. 이번 중간고사만 버티자. 이번 학년 말까지만, 다음 학년까지만 그리고 수의사 국가고시를 패스하면 자유다. 이런 혼잣말을 자주 되뇌었다. 미뤄둔 질문은 매일매일 쌓여 눈덩이처럼 커졌고 나는 자주 불면증에 시달렸다. 몸이 피곤해도 잠이 안 오는 밤에는 천장 벽 무늬를 세다가 자취방 근처 초등학교 운동장을 돌고 또 돌았다.

쥐의 피를 뽑아달라는 전화를 받고 알았다. 국가고시를 패스하고 수의사가 되었지만, 그때 미뤄두었던 고민은 여전히 내 우선순위에서 밀려 있었다. 내 마음을 흔드는 고민을 외면하고 회피했던 그 시절은 그대로 나의 관성이 되었다. 봐도 못 본 척, 들어도 못 들은 척, 괴로워도 그렇지 않은 척하면 나 자신도 속일 수 있을 것 같았다. 나중에 여유가 될 때까지 좀 더 미뤄두자고 스스로를 달랬지만 그런 여유는 늘 오지 않게 마련이다. 흐르는 시간 속에서 나도 질문도 모두 변화했다. 질문을 미뤄두는 관성은 삶을 다른 국면으로 이동시킬 뿐이다. 그런 선택들이 모여 결국 나라는 사람이 된다.

오늘은 그때 그 실습 시간으로 돌아가 과거의 나와는 다른 선택을 해보려 한다. 가장 먼저 쥐에게 미안한 마음이 들 것이다. 우리들의 실습 교육을 위해 희생된 쥐를 기억하며 애도와 추모의 시간을 갖고 싶다는 생각도 할 것이다. 당시에도 그랬다. 하지만 그때처럼 내 마음을 하찮게 여기고 혼자서 술을 마시며 자학하지 않을 것이다. 대신 나는 한 걸음 더 나아갈 것이다. 실습 조교 선생님께 혹은 우리 조원들에게 실습 후 쥐를 위한 추모의 시간을 갖자고 제안할 것이다. 그들이 나의 제안을 거절한다 해도 괜찮다. 혼자서라도 자취방에서 초를 밝히고 기도할 것이다. 다른 사람이 인정해주지 않아도 내가 내 마음을 알아주면 언제라도 다시 시작할 수 있다. 그날 밤 나를 흔들던 질문들을 일기장에 단단한 글씨로 적어볼 것이다. 동물을 희생하지 않는 실험 방법은 없을까, 같은 질문들. 그리고 공강 시간에 중앙 도서관에 가서 동물 실험과 관련된 책들을 찾아볼 것이다. 마음 맞는 동급생에게 내 마음을 털어놓고 대화해볼 것이다. 매 학기 있었던 지도교수님과의 면담 자리에서 이 주제에 대한 고민을 말씀드리고 조언을 구할 것이다. 그래도 마음의 메아리가 계속 들려온다면 온라인에서 이런 마음을 나눌 장을 찾아볼 것이다. 그 모든 과정을 거치면서 나는 스스로와 이 세상에 대해 더 많이 알게 되고 성장할 것이다. 질문의 답을 찾으려 했던 노력이 이후 내 인생을 크게 바꾸었을 것이다. 아마 다른 삶을 살게 했을지도 모른다. 나비효과처럼 말이다. 오랜 시간이 지난 지금에서야 나는 내면의 목소리에 귀 기울이지 않고 인생의 중요한 질문을 미뤄두었던 그 순간을 후회한다. 그리고 경험하지 못했던 내 인생의 나비효과를 아쉬워한다.

인생에서 또 다른 순간에 나를 흔드는 질문을 만나게 된다면 이 마음을 꼭 기억할 것이다. 거창한 답을 찾지 못할까 봐 주눅 들 필요는 없다. 다른 사람이 나를 어떻게 생각할지에 대한 고민은 접어두고서. 마음 깊은 곳에서 울리는 목소리에 귀를 기울이면 된다. 내가 나를 믿어준다면 그다음부터는 오히려 쉬울 수도 있다. 답을 찾지 못할 수도 있겠지만 자기 자신만의 질문을 품고 답을 찾는 매일의 삶은 우리를 행복에 더 가까운 쪽으로 데려갈 것이다.

죽을 만큼 아파도 물지 않는 개는 없다

온몸이 까만 털로 뒤덮인 녀석은 혓바닥을 길게 늘어뜨리고 엎드려 침을 흘리고 있었다. 20킬로그램 정도로 보이는 근육질의 도베르만이었다. 병원 바닥의 하얀 타일 위로 선홍색 피가 뚝뚝 떨어졌다. 자세히 보니 목의 피부가 세로 방향으로 길게 찢겨 주위로 피가 방울방울 떨어지고 있었다. 목 주변에 있는 큰 혈관이 찢어진 것이라면 출혈량이 많아 쇼크가 올 수 있다. 귓바퀴는 이미 핏기 없이 창백했고 잇몸은 건조했다. 빈혈 상태로 보였다. 서둘러야 했다. 급성 빈혈로 기절하고 의식 소실까지 오면 생명이 위험해질 수 있다.

찢긴 피부를 세척하고 봉합 수술도 필요해 보여 보호자에게 혈액검사와 마취를 준비하겠다고 했다. 남자는 마취를 시키지 않겠다며 바빠서 빨리 가봐야 한다고 했다. 나는 얼굴을 들어 남자의 얼굴을 제대로 보고 눈을 마주쳤다. 이상할 정도로 침착한 목소리였기 때문이다. 표정 역시 안정되어 보였는데 눈빛이 묘하게 불쾌한 감정을 불러일으켰다. 도베르만을 살리기 위해 바쁘게 움직이던 병원 직원들과 대조적인 분위기였다. 개가 저혈량성 쇼크에 빠지는 것을 막기 위해서는 이 사람을 설득해야 했다. 시간이 없으니 상황을 간단하지만 정확하게 설명하자고 마음먹었다. 상한 피부와 조직을 세척하고 죽은 조직을 잘라내야 하며, 혈관과 피부를 봉합하는 수술을 해야 한다. 그 과정이 극심한 통증을 유발하기 때문에 마취해야 한다고 말했다. 남자는 자기가 옆에 있으면 이 개는 사람을 물지 않으니 마취를 하지 않겠다고 고집을 피웠다.

보호자의 동의가 없으면 처치가 어렵다. 입씨름하는 와중에도 도베르만의 상태가 점점 더 안 좋아지고 있었다. 나는 두 번째 설득을 시도했다. 극심한 통증에 몸부림쳐 처치가 어려울 수도 있고 사람을 물 수 있다는 점, 그리고 진료진의 안전이 확보되지 않은 상태에서는 처치가 어렵다고 말했다.

남자는 짜증이 나서 못 참겠다는 표정이었다. 이 개는 자기가 가만히 있으라고 하면 죽을 만큼 아파도 가만히 있으니 겁내지 말고 꿰매라며 언성을 높였다. 나도 언성이 높아졌다. 마취하면 통증 없는 처치가 가능한데 아픈 걸 버틸 필요가 없다고 말했다. 엎드린 도베르만의 얕은 호흡이 점점 더 가빠졌고 몸은 부들부들 떨렸다. 남자가 일어나서 소리를 질렀다. 칠판을 손톱으로 긁는 것같이 즉각적인 혐오감을 불러일으키는 목소리였다.

“개를 이렇게 무서워해서 수의사는 어떻게 해? 시발, 내가 쩨매고 말지.”

남자가 목줄을 당겼지만 도베르만은 일어나지 못했다. 개는 엎드린 채로 질질 끌려 나갔다. 바닥에 선명한 핏자국이 남았다. 이후 그때를 떠올릴 때마다 내 선택이 잘못되었던 것이 아닐까 고민했다. 하지만 여러 번 생각해도 답은 하나였다. 극심한 통증에 시달리는 개의 고통을 줄여주는 것이 수의사가 해야 할 가장 중요한 일이다. 과거보다 훨씬 더 좋은 저렴한 마취약이 개발됐는데 사용하지 않을 이유가 없다. 부작용이 덜한 좋은 진정제나 마취약을 적절하게 사용하는 것이 오히려 수의사의 능력이라는 생각엔 변함이 없다.

서양의학에서는 19세기가 되어서야 전신마취가 외과 수술에 활용되었다. 그전에는 발치, 종양 절제, 사지 절단과 같은 외과 수술이 마취 없이 이루어졌다. 환자는 근육과 뼈가 잘리는 순간을 그대로 느껴야 했다. 지옥 같은 고통에 몸부림치는 환자를 붙잡기 위해 수술 중에 여러 사람이 동원될 정도였다고 한다. 통증과 감염 때문에 수술 중·후에 사망하는 일도 잦았다. 외과 수술에 대한 끔찍한 공포가 얼마나 컸냐면, 의사에게 수술해야 한다는 이야기를 들은 사람이 수술 전에 자살을 선택하는 것도 드문 일이 아니었다고 한다. 지금은 안전하고 효율적인 마취 방법이 대중화되었다. 일선 동물병원에서도 마취 없는 외과 수술은 상상하기 힘들다. 할 수 있는 마취와 진통을 고의로 하지 않는 외과적 처치는 고문이고 야만이다.

병원에서는 의사가 아동 학대로 의심할 만한 정황을 확인하면 반드시 경찰에 신고해야 한다. 하지만 아직 동물병원에서는 의료진의 신고 의무가 제도화되어 있지 않다. 학대를 입증할 만한 직접증거 자료가 있어도 솜방망이 처벌로 끝나는 것이 동물 학대의 현실이다. 마취 없는 수술을 요구한 것이 학대의 증거라고 할 수는 없다. 그렇지만 "이 개는 내가 옆에 있으면 죽을 만큼 아파도 참는다"라는 그 남자의 말이 평소의 학대 정황을 강하게 의심하게 한다. 자기를 아프게 하는 상대를 공격하는 것은 모든 생명체에게 자연스러운 행동이다. 최소한의 자기방어는 생존 본능이기 때문이다. 죽을 만큼 아픈데 물지 않는 개는 없다. 하지만 학대받는 개는 죽을 만큼 아파도 물지 않을 수 있다. 아파서 으르렁대면 더 심하게 맞았을 것이고, 그 기억 때문에 사람을 물 수 없게 된 것뿐이다.

어렸을 때 읽었던 개가 주인공인 동화는 슬픈 결말이 많았다. 불구덩이 속으로 뛰어가 사람을 구하고 죽는 개. 주인을 구하기 위해 곰과 싸우다가 고통스럽게 죽는 개. 돌아오지 않는 주인을 기차역에서 10년 동안 기다리는 개. 이야기는 사람이 만들어내고 공유하는 것이다. 그런데 이런 이야기들이 주를 이루었던 것을 보면 우리가 개들의 복종만 사랑해온 것은 아닌가 씁쓸하다. 이런 이야기들이 충성을 강요하기 위해 개들을 학대해도 된다는 의미가 결코 아닐 것이다.

사회에서는 이미 많은 개가 사람을 위해 희생되고 있다. 수많은 실험견이 사람의 건강과 수명 연장을 위해 실험 대상이 된다. 마약 탐지견이나 경찰견, 구조견 같은 사역견들은 사람을 위해 위험한 업무에 투입되고 목숨을 잃기도 한다. 사람에게 보여주는 개들의 신의와 인간을 위한 그들의 노동에 대해 우리는 어떤 마음을 갖고 있을까?

그래도 다행인 것은 사역견의 처우 개선과 동물 실험의 규제 강화에 대해서는 동물보호법 개정으로 조금씩 나아가고 있다는 점이다. 새로운 법제화는 사회 변화에 따라 가장 보수적으로 나타나는 마지막 변화이다. 그렇다면 지금의 시대정신은 인류의 오랜 역사 동안 사람의 곁을 지켜온 개들에 대한 감사와 우정이라는 흐름이 맞을 것이다.

동물병원에서 만나는 보호자들과 그들의 반려동물을 보면 그들이 함께하는 이야기들은 참 다채롭다. 동물과의 교감과 소통으로 풍요로워진 삶에 대한 생생한 이야기가 넘쳐난다. 충성과 복종, 학대와 이용만으로 개와 사람의 관계를 설명하는 세계는 도태되고 있다. 개의 마취를 거부했던 남자, 수술하지 못하고 돌아가야만 했던 도베르만의 이야기는 인간의 야만성을 보여주었던 과거의 일로만 기억되는 날이 곧 오게 될 것이라 나는 믿는다.

구더기

도저히 못 할 것 같았던 일을 해내고 나면 내가 좀 달라진 것 같은 기분이 들 때가 있다. 아무도 모르겠지만 나는 안다. 달라진 내가 보는 세상도 꼭 그만큼 커져 있다는 것을 말이다. 그럴 땐 비밀스러운 기쁨이 은근하게 솟아오른다. 다른 사람들에게는 별것 아니지만 나에게는 어려운 그런 일들. 아마 누구에게나 있을 것이다. 이번에 내게는 구더기가 그것이었다.

살아 있는 동물의 몸에서 움직이는 구더기를 처음 본 것은 수의대 본과 3학년 때였다. 당시 나는 야생동물의학실에 속해 있었다. 수업이 없는 시간에는 야생동물 처치실에 주로 있었는데, 그곳은 학생인 나에게도 진료의 참관과 보조가 허락되는 고마운 공간이었다.

여느 때처럼 공강 시간에 야생동물 처치실에 들어가니 처치대 위에 너구리가 있었다. 야생동물 수의사 한 분이 고개를 숙여 처치 중이었다. 나도 라텍스 장갑을 끼고 처치대 가까이 걸어가 너구리를 보았는데, 온몸에 소름이 돋았다. 마취된 너구리는 옆으로 비스듬히 누워 있었고, 머리 위쪽으로 털이 빠진 모든 곳에 구더기가 꿈틀대고 있었다. 더 가까이 다가가지 못하고 처치실 밖으로 나왔다. 놀란 마음이 좀처럼 진정되지 않아 한동안 야생동물구조센터 계단에 앉아 있었다. 당시의 나는 힘든 일이라도 배울 기회가 된다면 마다하지 않으려고 했다. 늦게 수의학 공부를 시작했으니 더 노력해야 한다고 생각했다. 힘들어도 숨 한번 크게 쉬고 부딪치면 웬만한 일은 그럭저럭할 수 있었다. 하지만 이번엔 아니었다. 마음이 진정되면 처치실에 다시 들어가려 했지만 아무리 이를 악물고 심호흡을 해도 그럴 수가 없었다. 결국 발걸음이 떨어지지 않아 들어가지 못하고 그 앞을 서성이다가 집으로 돌아왔다.

졸업 후 오랫동안 구더기를 볼 일이 없었다. 깜돌이가 병원에 오기 전까지는 말이다. 그날은 긴 장마가 지루한 비를 뿌리던 6월 말 오후였다. 한 살이 채 안 된 강아지가 상자 안에 담겨왔다. 들어오는 순간부터 병원에는 독한 냄새가 퍼졌다. 부패한 조직에서 나는 냄새, 한마디로 살이 썩는 냄새였다. 집을 나가 일주일 만에 돌아온 깜돌이가 앞다리를 절뚝였다고 했다. 바닥을 딛지 못하는 다리는 끝에서부터 검푸른색으로 변해 있었다. 만져보니 차가웠고 자극해도 아무런 통증 반응이 없었다. 혈관 공급도 조직의 신경도 모두 되살릴 수 없는 괴사 상태였다. 다음 날 앞다리 절단 수술을 하기로 하고 깜돌이를 입원시켰다. 보라색과 청록색으로 변한 피부는 축축했고 진물이 새어 나왔다. 우선 소독 후 붕대를 감기로 했다. 클리퍼로 털을 미는데 살점과 털이 함께 떨어졌다. 발등에서 작은 움직임이 포착되었다. 자세히 보니 움직임이 보이는 곳이 한두 군데가 아니었다. 온몸에 소름이 돋았다. 구더기였다. 손상되어 생긴 조직의 여러 구멍에서 구더기들이 나왔다 들어가기를 반복하고 있었다.

살아 있는 동물의 몸에 파리가 알을 낳고 알이 부화하여 유충이 된다. 이 유충은 동물의 부패한 조직을 먹고 성장하는데, 이를 구더기증이라고 한다. 구더기증을 치료하기 위해 해야 할 일은 약물 처치와 함께 눈에 보이는 구더기를 최대한 많이 잡아내는 것이다. 깜돌이에게 일주일 동안 무슨 일이 있었던 걸까? 보호자는 개장수가 깜돌이를 잡아간 것 같다고, 근처에 그런 일이 종종 있다고 말했다. 생각해 보니 주변에 뜬 장에서 개를 사육하는 구육 농장이 꽤 많다고 들었던 기억이 났다. 개장수가 사용하는 올무에 다리가 한 번 걸리면 스스로 빼내기란 거의 불가능하다. 깜돌이도 달아나려고 있는 힘껏 앞다리를 당겼을 것이다. 당길수록 올무는 더 단단하게 녀석의 앞다리를 조였을 것이다. 압박된 올무 아래 부위가 괴사하기 시작하면서 거기에 파리가 알을 낳은 것이다. 비가 자주 내리는 습하고 더운 6월 장마철이었으니 구더기가 생기기 딱 좋은 날씨였다. 깜돌이는 죽기 직전에 탈출해서 집으로 돌아온 것이다.

너구리 머리 위에서 꿈틀대던 구더기를 본 이후 오랜 시간이 흘렀지만, 이번에 본 깜돌이 다리의 구더기 역시 머리털을 쭈뼛 서게 할 정도로 여전히 충격적이었다. 하지만 그때와 달라진 것이 있었다. 상황이었다. 구더기를 잡을 사람이 병원에 나뿐이었다. 현실에 대한 인식은 생각을 또렷하게 해주었다. 학생 때는 너구리 머리 위에서 꿈틀거리는 구더기만 크게 보였지만, 지금은 구사일생으로 탈출한 깜돌이가 더 크게 보였다.

심호흡을 깊게 하고 라텍스 장갑을 끼고 구더기를 잡기 좋은 핀셋을 꺼냈다. 처음에는 숨이 가쁘고 얼굴에서 땀이 흘러내렸지만 작업에 집중할수록 마음이 천천히 가라앉았다. 피부를 건들지 않으면 구더기들이 구멍으로 조금씩 기어 나왔다. 그때를 놓치지 않고 바로 잡아야 한다. 핀셋으로 잡아서 두세 마리를 꺼내면 그 구멍으로는 한동안 구더기가 나오지 않고 다른 구멍으로 나오기 시작했다. 준비해 놓은 통이 구더기로 가득 찼다. 한참을 기다려도 구멍들에서 구더기가 거의 나오지 않는 것을 보니 긴 작업이 끝난 것 같았다. 병원 밖이 어두워져 있었다. 처음에 깜돌이는 구더기를 잡는 우리를 남의 일 보듯이 무심하게 바라보다가 금방 곤히 잠들었다. 처치를 마무리할 때 즈음, 내가 갖고 있던 구더기에 대한 공포는 다른 모습을 하고 있었다. 완전히 사라지진 않았지만 내가 다룰 수 있는 감정으로 변해 있었다.

공포와 혐오는 대상에 대해 모를수록 더 큰 힘을 발휘하는 것 같다. 징그럽고 무서우니까 알려는 노력도 하기 싫고 그럴수록 그 대상은 추상화되고 거대해진다. 그리고 나를 압도한다. 결국 나는 원래 그런 사람이라고 믿고 살며 나와 내 미래를 거기에 가둔다. 구더기에 대한 내 반응이 조금 달라진 것뿐이지만 내 삶도 조금 달라졌다. 병원에 오는 구더기증 환자의 진료를 볼 때 더 치료에 집중할 수 있게 되었다.

여름철 로드킬당한 동물들에게서 구더기들이 많이 보인다. 예전에는 차에 치여 죽은 너구리나 고라니를 보아도 구더기가 끓고 있으면 도저히 만지지 못했다. 그렇게 도로에 사체를 두고 온 날에는 뒤에 오는 차들이 계속 그 사체를 밟고 지나갈 생각이 머릿속을 떠나지 않아 마음이 무거웠다. 하지만 지금은 도로 중앙에 있는 너구리 사체가 보이면, 구더기가 끓고 있더라도 장갑 끼고 숨 한 번 크게 쉬고 갓길로 치워둔다. 그리고 관할 기관에 사체를 신고할 수 있는 정도가 되었다. 구더기는 예전이나 지금이나 똑같이 존재하지만 그것에 대한 감정이 달라진 내 삶은 조금 더 자유로워진 것이다.

이번엔 구더기였지만, 다음엔 또 무엇이 나를 인생의 시험대에 올려놓을까? 한 걸음 내딛는 것도 어렵게 하는 공포들이 여전히 내 안에 있다. 언젠가 애써 덮어둔 그것들이 다시 살아나서 현실의 나를 옥죄려고 한다면 고개를 들어 그것을 똑바로 바라보고 싶다. 나를 규정했던 테두리가 눈에 보인다면 비로소 테두리 밖의 세상도 눈에 들어올 것이다. 늘 봐왔던 세상이지만 처음 보는 세상같이 환하고 새로

울 것이다. 다음에는 조금 더 대담하게 안 가본 곳으로 몸을 던져보는 것도 좋을 것 같다. 우리는 모두 자유롭게 살아가기 위해 태어난 존재들이니 말이다.

칠성이

수의대에 재학할 때만 해도 나는 소에 대해 별다른 관심을 두지 않았다. 졸업 후에는 개와 고양이를 대상으로 하는 동물병원에서 일할 생각이었다. 수업에서 접하는 소는 이윤을 창출하는 상품이었다. 질병 치료를 위한 비용이 출하 비용을 초과할 때 소를 도태시킨다고 배웠던 날, 마음에 작은 파문이 일었다. 수의사가 동물 개체의 복지와 건강보다 동물을 통해 창출되는 상품 가치를 생각해야 한다는 사실에 마음 깊은 곳에서 작은 저항이 꿈틀댔다. 이후에는 의도적으로 산업 동물에 관심을 두지 않으려 했다. 나와 맞지 않는 일이라고 생각하면 마음이 좀 편해졌다. 하지만 회피했던 일들은 언젠가 다시 돌아온다. 그때보다 더 큰 파장으로.

졸업하고 한참 지난 후 집 근처에서 소싸움대회를 한다는 것을 알게 되었다. 쉬는 날 반려견과 근처 산책로에 다녀오다가 하늘 높이 떠 있는 애드벌룬을 보았다. 애드벌룬 밑에 길게 붙어 있는 플래카드에는 '전국 소싸움대회'라는 문구가 선명히 보였다. 저기에 들어가 볼까? 아니면 그대로 차를 몰아 집으로 갈까? 잠시 망설이다가 차를 돌려 대회 주차장으로 들어갔다.

차를 주차하고 밖으로 나오니 트럭들이 잔뜩 늘어서 있었다. 트럭 바닥에는 배설물이 가득했다. 분변 냄새가 진동했다. 트럭 대부분은 비어 있었지만 한 트럭 안에 소가 있었다. 아…, 소의 코뚜레에 끼워진 줄은 트럭 안에 바짝 묶여 있었고 소는 움직일 수도 없이 트럭에 묶인 채로 서 있었다. 똥오줌으로 범벅이 된 바닥을 밟고 있었다. 트럭 안의 소와 눈이 마주쳤다. 연한 갈색의 길고 섬세한 눈썹 밑의 눈동자는 크고 깊었다. 심장이 빨리 뛰기 시작했다. 오랫동안 피하고 싶은 순간이었다. 평온한 일상이 깨졌다. 소들은 거기에 있었고 나는 그것을 똑바로 마주했다.

순간 고막을 찢을 것 같은 큰 소리가 들렸다. 소싸움경기에 입장하는 소들을 소개하는 사회자의 목소리였다. 소의 승률과 주력 기술을 설명하는 내용이었다. 마이크 소리가 들리는 곳으로 걸어갔다. 둥근 경기장은 씨름장처럼 모래가 쌓여 있었다. 코뚜레에 걸린 줄을 따라 천천히 입장하는 거대한 몸집의 소가 보였다. 군중들의 함성과 박수 소리, 음악 소리가 뒤섞이면서 두 마리의 소가 경기장 중앙으로 걸어왔다. 소들은 모두 거품 섞인 침을 흘리고 있었다. 두 소의 머리를 맞대게 해야 경기가 시작할 수 있었는데,

한 마리가 이를 계속 거부했다. 소 주인이 머리를 돌려 도망가려는 소의 코뚜레를 당겨 제지했다. 소의 이름은 칠성이였다. 몸통에 붉은 스프레이로 칠성이라고 크게 쓰여 있어서 멀리서도 이름을 볼 수 있었다. 칠성이는 그렇게 생전 처음 보는 소와 머리를 맞대고 체중을 실어 버텼다. 온 힘을 다해 버티며 똥오줌을 흘렸다. 거대한 몸집으로 사력을 다해 버티니 핏발 선 눈동자가 돌출되어 튀어나올 것 같았다. 5분 정도를 버티고 나서, 칠성이가 머리를 돌려 도망갔다. 관객석에서는 박수와 환호가 터져 나왔고, 싸움에서 이긴 소 주인은 모래판 위에서 덩실덩실 춤을 추었다. 사회자는 상대 소의 승리를 선언하며 관객들의 호응을 유도했다. 칠성이는 들어올 때처럼 주인이 끌고 가는 코뚜레의 줄에 이끌려 경기장 밖으로 천천히 걸어 나갔다.

반려동물과 함께했던 일상이 멀게 느껴졌다. 나는 병원에서 동물들의 건강을 살핀다. 집에서는 나의 반려동물과 울고 웃으며 소소한 즐거움으로 매일을 산다. 소싸움을 내 눈으로 보고 나니 그 일상이 몹시 그리웠다. 동시에 이 잔혹한 현장에서 어떤 일이 벌어지는지 내 눈으로 확인하고 싶기도 했다. 소싸움장 뒤로 걸어 들어가니 뒷공간에는 일

렬로 지어진 계류장으로 가득 차 있었다. 몸통이 겨우 들어갈 정도의 좁은 우사에 소들이 한 마리씩 들어가 있었다. 어림잡아도 300마리가 넘어 보였다. 코뚜레에 연결된 줄들은 모두 바짝 묶여 있었다. 눈을 감고 엎드려 있는 소도 있었고, 쿵쿵 소리가 날 정도로 계류장 벽에 머리를 박는 소도 있었다. 거품 섞인 침을 흘리거나 불안한 울음을 우는 소들도 보였다. 뿔과 이마, 옆구리를 소독약으로 칠해놓은 부상당한 소들도 눈에 띄었다. 계류장은 대회장과 바로 붙어 있었다. 계류장 안의 소들은 사회자의 마이크 소리, 커다란 음악 소리, 사람들의 박수와 환호 소리를 모두 들어야 했다. 낯선 소들의 냄새를 맡으며, 자기의 똥오줌을 밟고 서 있는 소들….

계류장에서 나와 주차장으로 걸어오는 길에 보니 경기장 옆에 한우 시식 부스가 차려져 있었다. 고기 굽는 냄새가 진동했다. 구운 고기를 시식하는 사람들, 부스 뒤에서 후후 불며 소머리 국밥을 먹는 사람들이 보였다. 소들이 싸우는 곳과 불과 100미터도 떨어지지 않은 곳이었다. 지옥이 있다면 여기일 것이다. 아니, 여기는 지옥이었다.

돌아오는 길에 학교에서 배웠던 소의 질병이 떠올라 집에 와서 《대동물내과학》 책을 펼쳐보았다. '수송열*shipping fever*'과 '고창증*bloat*'이 눈에 들어왔다. 수송열은 동물을 수송하는 과정에서 발생하는 스트레스 요인들에 의해 발병하는 질병이다. 운송 과정에서 폐쇄된 공간에 갇혀 있고, 외부로부터의 충격이 계속되기 때문에 면역력이 낮아져 주로 폐렴과 패혈증이 발생한다. 소가 원래 태어난 곳을 벗어나 운송 수단을 통해 멀리 이동할 일은 애초에 없었다. 사실 수송열은 사람의 목적을 위해 소를 수송시키는 사람이 만든 질병이다. 원래 생태와 어긋나는 상황에서 얼마나 많은 소가 죽었으면 수송열이라는 이름이 수의대 교과서에까지 등장하게 되었을까. 너른 풀밭에서 느긋하게 풀을 뜯어 되새김질하도록 태어난 소에게, 덜컹거리는 시끄러운 좁은 트럭 안에 똥오줌을 싸며 긴 시간을 견디는 것은 상상하기도 어려운 고통이다.

또 다른 질병은 고창증이다. 소의 대표적인 질병으로 관련 내용은 수의사 국가고시에도 단골로 등장한다. 고창증에 걸린 소의 위에는 가스가 가득 차서 주변 장기를 압박한다. 소는 침을 흘리며 호흡이 곤란해지고 소화기 증상도 일으켜 심한 경우 사망한다. 학생 시절 내과학 수업 시간에 고창증을 배우면서 '소는 진화에 실패한 동물일까? 왜 대다수의 소가 이 질병에 취약하지?'라고 대수롭지 않게 생각하고 넘어갔다. 하지만 이번에 보니 소가 고창증에 잘 걸리는 것은 진화에 실패해서가 아니었다. 그것은 소의 문제가 아니라 사료의 문제였다. 소는 네 개의 위를 가지고 있다. 거친 풀을 먹어, 위 내의 미생물의 도움을 받아 천천히 소화시키며 영양분을 흡수하도록 진화한 생명체이다. 그러나 대부분 목초지의 풀을 뜯기보다, 쉽게 살이 찌는 농후사료(옥수수, 콩 등의 곡류를 주원료로 한 사료)를 먹기 때문에 위의 산도가 증가하여 소의 제1위, 제2위에 가스가 찬다. 농후사료를 먹고 운동을 제한한 소는 근육에 지방이 침착되어 사람들이 좋아하는 '마블링'이 생기게 된다. 소의 고창증은 비육을 위해 급여하는 사료의 문제에서 비롯된 것이지, 소가 본래 갖는 질병이 아니었다.

소싸움 관련 뉴스 기사를 검색해보니, 싸움소를 육성하고 훈련하는 과정을 비중 있게 다룬 기사들이 눈에 띄었다. 7개월에 싸움소로 발탁된 송아지는 대형종의 싸움소로 육성된다. 경기가 상대 소와 머리를 맞대고 버티는 과정이기 때문이다. 15년 전에는 600킬로그램이 가장 상위 체급이었던데 반해 최근은 소의 품종 개량이 이루어지면서 적어도 700킬로그램에서 800킬로그램이 평균이고, 1톤이 넘는 싸움소도 육성된다. 15년 전보다 두 배가량 커진 것이다. 싸움소는 크게 육성되는 것도 중요하지만 지구력을 위해 밀도 있는 적색근과 큰 폐활량이 요구된다. 육우에게는 운동을 제한하여 근육 사이에 지방 침착을 유도하여 마블링을 만들어내지만, 싸움소는 탄탄한 근육을 갖도록 단련된다. 이것이 싸움소에게 타이어 끌기, 산악 달리기, 비탈에 매달리는 훈련 등을 시키는 이유이다.

이렇게 3, 4년 동안 육성된 싸움소들에게 대회를 앞두고 여러 보양식을 먹이는 것이 업계의 상식이다. 강장제, 십전대보탕, 미꾸라지, 뱀탕 등의 보양식을 먹이며 그중에서도 개소주가 최고로 꼽힌다. 거친 풀을 섭취한 후 종일 되새김질을 하며 생존하도록 진화한 완전한 초식동물인 소에게 개소주와 뱀탕을 먹이는 것은 '사람도 먹기 어려운 비싼 보양식을 소에게 주는 주인의 극진한 배려'로 둔갑한다.

싸움소로 이름이 나면 몸값이 껑충 뛰기 때문에 송아지

를 사다가 싸움소로 잘 키우는 것은 소 주인에게 적지 않은 수익이 된다. 생후 7개월에 우시장에서 업자에게 발탁된 수소는 혹독한 훈련을 통해 싸움에 필요한 생체로 단련되고, 평균 5년간 경기에 출전한다. 전투력이 떨어지면 대부분 도축장에서 도살된다. 싸움소들은 운동을 많이 해 지방이 적고 마블링이 없다. 그래서 육질이 좋지 않다고 평가되어 주로 수프용으로 쓰이며 고기 값은 육우에 비해 낮게 책정된다.

소, 돼지, 닭과 같은 산업 동물에 대해 의도적으로 무관심하려 했던 수의대 시절의 내가 생각났다. 사실 나는 상품으로 취급되는 동물의 고통을 마주하기가 정말 싫었다. 상품성이 없다면 도태되는 동물이라는 것을 알고는 있었으나, 깊게 생각하지 않으려 했다. 그에 대해 보고 생각하는 것 자체가 나를 고통스럽게 했기 때문이다. 보려 하지 않으니 그 세계는 존재하지 않는 것처럼 느껴졌다. 하지만 나의 의도적인 무관심에 비해 칠성이의 고통은 너무나 생생했다. 나의 무관심이 칠성이의 고통과 닿아 있다고 생각하니 마음이 먹먹했다.

지금도 가끔 생각난다. 싸움소 칠성이를 보았을 때가 말이다. 처음 보았던 소싸움 경기였지만 나는 천천히 걸어 들어오는 칠성이가 공포에 질려 있다는 것을 한눈에 알 수 있었다. 칠성이는 상대 소를 알지 못한다. 왜 싸워야 하는지 이유도 모른다. 그저 자기가 사는 집, 축사의 분뇨를 치워주고, 오랜 시간 등을 쓰다듬어주었던 익숙한 사람의 손길에 이끌려 경기장에 입장했다. 칠성이는 상대 소와 머리 맞대기를 거부했다. 온몸으로 싸우기 싫다고 소리치는 칠성이가 코뚜레 줄에 이끌려 억지로 상대 소와 머리를 마주했을 때 사회자가 '경기 시작!'을 선언했고 징 소리가 울려 퍼졌다. 꾹 참았던 눈물이 흘러나왔다. 내가 인간이라는 것이 한없이 미안했다.

사라지는 세계

출근길, 건물 밖으로 나서는데 발밑에 새 한 마리가 떨어져 있었다. 내가 사는 곳은 4층 높이의 평범한 다세대 주택이다. 조심스럽게 새를 들어 올리니 고개가 아래로 축 처졌다. 유선형으로 날렵한 몸체, 옅은 갈색과 짙은 황색 깃으로 덮인 날개, 머리 위에 삐죽삐죽 솟은 짧은 깃, 직박구리였다. 경직이 없고 손바닥 안에서 몸체가 부드럽게 움직였다. 죽은 지 얼마 지나지 않은 것 같았다. 아침마다 창밖에서 들렸던 직박구리 소리가 기억났다. 오랫동안 나의 아침을 깨워주었던 고마운 소리였다. 생각해보니 출근길에 죽은 새를 발견한 건 이번이 처음이 아니었다. 이 집으로 이사한 지 3년째인데, 출근길에 죽은 새를 발견한 것은 네 번째였다. 그제야 이상하다는 생각이 들었다. 새가 있던 곳은 건물 아래 콘크리트 바닥이었고, 새가 자연스레 죽을 수 있는 장소가 아니었다. 그동안 출근길 바닥에서 주웠던 새들의 사체를 떠올렸다. 직박구리 둘, 박새 하나, 물까치 하나. 혹시 이 새들이 내가 사는 건물 유리창에 충돌한 걸까?

수의대 학부생 때 야생동물구조센터의 실습이 생각났다. 여름방학 한 달 동안 구조한 동물을 치료하고 돌보는 일을 함께했다. 그때 유리창에 충돌한 새를 처음 보았다. 멧비둘기였는데 아파트 신축 공사 현장에서 발견해 구조하였다. 아파트는 대부분 투명 유리창이 많아, 그곳에 부딪혀 다쳤을 거라고 수의사 선생님이 설명해주었다. 멧비둘기는 구조 당시 이미 죽어 있었고 부리를 포함한 골격이 엉망으로 부서져 있었다.

손안의 직박구리를 보면서 생각했다. 몇십 층 되는 아파트에는 유리창이 많으니 부딪힐 수 있겠지만, 설마 내가 사는 이 작은 다세대 주택 유리창에도 새가 부딪힐까? 혹시나 하는 마음으로 자료를 찾아보았는데 내용이 놀라웠다. 투명창이 낮다고 해서 새들에게 덜 위험하지 않았다. 새들도 높은 비행보다 낮은 비행을 선호한다. 야생에서 살아남기 위해서는 최대한 에너지를 아껴야 하기 때문이다. 생각해보면 흔히 볼 수 있는 참새와 비둘기, 까치들도 바닥에서 먹이를 찾았다. 굳이 높게 날지 않아도 천적을 피해서 먹이를 구할 수 있고 목적지로 이동할 수 있다면 새들도 낮게 난다. 그렇다면 주변에 흔한 모든 유리 구조물이 새들에게는 위험할 수 있다. 단독 주택, 상가 건물, 3, 4층 높이의 다세대 주택, 버스 정류장, 공공건물 등 유리가 있는 모든 구조물에서 새들이 부딪혀 죽어가고 있었다.

아이스크림 집에서 주문하려고 차례를 기다리는 중이었다. 갑자기 쿵 소리가 들리더니 비명과 함께 아이 울음소리가 들렸다. 뒤를 돌아보니 두꺼운 통유리 앞에 아이가 주저앉아 이마를 붙잡고 울고 있었고 놀란 가족들이 아이에게 달려가고 있었다. 통유리는 손님들의 대기석과 주문하는 장소를 나누는 구조물이었는데 아이가 뛰어가다가 부딪힌 것 같았다. 통유리를 고정한 검은색 플라스틱 테두리가 유리의 윗부분을 감싸고 있었지만, 작은 키의 어린아이에게는 유리가 없는 것처럼 보였던 것 같았다. 아이스크림 집을 다시 찾았을 때 그 통유리에는 다양한 색깔의 스티커로 화려한 무늬가 생겨 있었다. 충돌 사고를 예방하기 위해서 만들어진 변화 같았다. 새들도 비슷하게 부딪힌다. 아이스크림 집에 있던 투명 구조물과 달리, 건물의 유리창은 새들이 보기에 거울과 같다. 유리창에 나무와 하늘이 반사되어 보이면 새들은 그 나뭇가지에 앉기 위해서 혹은 그 하늘로 날아가기 위해 속도를 낸다. 사람은 걸을 때 평균 시속 4킬로미터로 걷기 때문에 유리에 충돌해도 죽지 않는다.

사람은 유리창 틀, 문틀이 있는 곳에는 유리가 있다고 인지하는 방법을 학습한다. 반면 새들은 중력 방향으로 떨어지지 않고 날기 위해 시속 40킬로미터에서 70킬로미터로 날아가기 때문에 부딪히는 순간 대부분 즉사한다. 사람이 유리에 부딪히면 투명한 유리의 위험을 배울 기회가 되지만, 새들에게 다음은 없다. 새들에게 유리는 죽음으로 가는 문이다.

방음벽은 주거지역으로부터 도로의 차량 소음을 차단하기 위해 건설된다. 도로는 전국에 걸쳐 뻗어 있는데 도심이 확대되면서 도로에 접한 주거지역, 상업지역도 늘어난다. 대단지 아파트가 많아지면서 아파트 단지 주변에도 대형 방음벽을 세우는데 탁 트인 시야 확보를 위해 대부분 투명한 벽으로 만든다. 전국의 고속도로, 국도, 지방도로에 설치된 투명 방음벽에서 얼마나 많은 새가 죽어가고 있을까. 어마어마한 규모의 투명 방음벽에 무기력해지지 않기 위해 내가 할 수 있는 일들을 찾아보았다.

첫 번째는 방음벽에 충돌한 새들에 대한 자료를 공유하는 것이다. 요즘의 나는 운전을 하다가 방음벽이 보이면 갓

길에 차를 세워 충돌한 새가 있는지를 살펴보고 사진을 찍어 앱으로 공유한다. 국립생태원에서 진행하는 야생조류 유리창 충돌 조사에 함께하기 위해서다. 국립생태원에서는 '네이처링'이라는 앱을 통해 전 국민이 자기가 사는 곳 근처의 투명창 조류 충돌의 현황을 함께 공유할 수 있도록 하고 있다. 자료가 많이 모이면 투명창을 개선하기 위한 정책 제언을 더 구체화할 수 있고 정책 변화에도 힘을 실을 수 있기 때문이다. 애초 유리나 투명 방음벽을 생산할 때 예방 방안을 적용한 제품을 생산하면 비용도 저렴해지고 내구성이 올라갈 것이다.

두 번째 할 수 있는 일은 새들이 유리를 인식할 수 있도록 스티커나 저감 필름을 투명 방음벽에 붙이는 것이다. 이미 우리나라에는 730만 채가 넘는 건물이 있고, 수천 킬로미터에 이르는 투명 방음벽이 서 있다. 투명 방음벽에 작은 스티커를 촘촘한 간격으로(세로 5센티미터 또는 가로 10센티미터 이하로 붙이는 것, 이를 5×10의 규칙이라 한다) 붙여두면 사람의 시야를 방해하지 않으면서도 새들의 충돌을 막을 수 있다. 환경부에서 이미 지역 몇몇 곳에 방음벽 지원 사업을 진행하고 있다. 하지만 이런 스티커를 생산하는 국내 업체가 극히 드물고, 개인이 비용을 내기에는 부담스러울 수도 있다. 이미 설치된 투명 방음벽에 스티커나 저감 필름 부착 작업을 하려면 많은 시간과 노동, 비용이 필요하다. 투명 방음벽을 설치한 이후에 그 방음벽에 다시 스티커를 붙이는 것보다 애초에 조류 충돌 예방을 위한 투명창을 만들 수 있다면 가장 좋을 것이다. 조류 충돌 방지를 위한 스티커 생산을 위한 산업 지원도 필요하다. 그리고 국내 건축물의 투명창을 사용하는 건축사에게도 조류 충돌 예방을 위한 투명창 사용을 권장하고 때에 따라서는 강제해야 할 것이다. 민간 사업체를 강제하는 법적 변화에 시간이 오래 걸린다면 공공건물만이라도 먼저 솔선수범하여 시작해야 한다.

지난겨울 투명 방음벽 옆에서 죽은 새를 본 적이 있다. 웅장한 숲이 파노라마처럼 막 펼쳐지기 시작하는 국립공원 초입에 있는 방음벽이었다. 전날 밤에 눈이 많이 와서 걸을 때 눈에 발목까지 푹푹 빠졌다. 건조하고 찬 아침 햇살이 흰 눈에 반사되어 눈을 뜨기 어려울 정도였는데 방음벽 밑에 쌓인 눈에 무언가가 꽂혀 있었다. 가까이 가서 보니 새의 꽁지깃과 두 다리만 눈 밖에 수직으로 서 있었다. 얼굴부터 몸체 대부분이 눈 안으로 깊게 파묻혀 있었다. 새가 상당히 빠른 속도로 바닥으로 추락했던 것 같았다. 충돌 직전까지도 빠른 비행을 하고 있었기 때문이었을 것이다. 눈을 걷어내고 사체를 꺼내니 천연기념물로 보호하는 황조롱이였다. 윗부리가 깨져서 불규칙한 모양으로 부서져 있었고, 부리와 머리가 연결되는 피부와 깃털에 피가 배어 나와 있었다. 부리를 제외한 몸체는 꼭 살아 있는 것처럼 온전하게 보존되어 있었다. 황금색과 갈색 깃, 레몬색 눈꺼풀 위에 남아 있는 흰 눈이 겨울 햇살에 눈부시게 반짝였다. 눈 속에 있었는데도 몸체에 경직이 없었다. 충돌한 지 얼마 안 되었고, 동시에 즉사했을 것이다. 황조롱이는 투명창 너머로 보이는 숲으로 돌진하고 있었다. 그 숲과 자기 자신 사이에 투명창이라는 장애물이 있다는 것을 전혀 의심하지 않은 채로, 단단한 윗부리가 산산이 조각날 정도로. 혹한이 끝나가는 2월 말, 황조롱이가 야생에서 어렵게 생존해냈을 겨울의 끝자락이었다. 방음벽 뒤편에는 작은 마을과 연결된 숲이 있었다. 아마도 황조롱이가 날아가려고 했을 그 숲으로 걸어갔다. 그 숲에서 햇볕이 가장 잘 드는 나무 밑에 황조롱이를 눕히고 마른 덤불과 눈으로 덮어주었다. 부드러운 흙으로 온몸을 덮어주고 싶었지만 찬 날씨에 땅이 얼어 도무지 흙을 파낼 수 없었다.

나는 자연의 아름다움을 목격할 때마다 행복으로 전율하면서 동시에 슬픔에 압도된다. 흰 눈이 펑펑 내려서 온 세상이 하얗게 덮인 새벽, 바다 위로 넓게 퍼지는 불타는 노을, 겨울을 지나고 마른 가지에 돋아오르는 연둣빛 새잎, 푸른 하늘에서 천천히 변화하며 흐르는 구름의 움직임. 내가 개입할 수 없는 거대한 신비, 그 자연의 풍광 속에 있으면 나는 인간의 역사 훨씬 이전부터 이 세상에서 수많은 생명이 생겨나고 사라져왔다는 것을 알게 된다. 언젠가는 나도 사라진다는 것, 나를 포함한 모든 존재의 유한함을 느낀다. 그것이 아마 아름다운 풍광을 볼 때 느끼는 슬픔의 근원인 것 같다. 그리고 한없이 겸손해진다. 영원히 살 것처럼 익숙해졌던 것들이 아득하게 멀게 느껴지고, 일상에서 멀리 치워두었던 실존의 감각이 차오른다. 나를 실존에 더 가깝게 끌어냈던 대자연에 머무르는 순간마다 늘 새들이 있었다. 아니, 멀리 가지 않아도 내가 사는 일상에서 나의 실존을 일깨웠던 것들은 새들이다. 산책로에서 기지개를 켜다가 눈앞 나무 위에서 마주치는 쇠딱따구리, 동네 천변에서 보는 왜가리와 백로, 전봇대 위에서 도도하게 땅을 응시하는 말똥가리, 탁 트인 밭 위의 바람을 타면서도 정지 비행 중인 황조롱이, 여름이 시작될 때 뒷산에서 들려오는 호랑지빠귀 소리, 늦은 겨울밤에 멀리서 들려오는 수리부엉이 소리, 바닷가에 가면 머리 위에서 빙빙 도는 갈매기들, 이들은 내가 서 있는 이곳에 사람만 있지 않다는 것을 알려준다. 그리고 자동 반사적으로 움직이던 생각의 회로를 멈추게 한다. 쉬게 해준다. 그리고 다른 곳으로 나의 생각을, 존재를 이동시킨다. 숨통이 조금 트인다.

인간이 만든 투명 구조물에 부딪혀 많은 새가 사라지고 있다. 국내에서는 연간 800만 마리의 새들이 투명 벽에 부딪혀 죽어간다. 지난 50년간 북미에 서식하는 새의 30퍼센트가 사라졌다는 연구도 있다. 국내에서 새에 관한 연구와 기록을 하는 연구자와 탐조인들은 매년 같은 장소에서 보이던 새들의 개체수가 눈에 띄게 줄어들고 있다고 말한다. 새들이 사라진다는 것은 우리를 실존에 가깝게 하는 다른 세상이 조금씩 없어지고 있다는 것이다. 그건 내가 조금씩 사라지고 있다는 것이나 다름없다. 인간이 만든 투명 벽에 사라지면 안 될 세상이다. 그 세상이 사라지면 사람도 결국 사라질 것이다.

야생조류 투명창 충돌 저감 가이드라인